도둑맞은 편지

도둑맞은 편지

에드거 앨런 포

김진경 옮김

문학과지성사

옮긴이 김진경

서울대학교 영어영문학과를 졸업하고 같은 과 대학원에서 박사 학위를 받았다. 현재 서울신학대학교 교수로 재직하고 있다. 지은 책으로 『지워진 목소리 되살려내기—미국 문학에 나타난 아메리카 원주민 연구』『20세기 영국 문학과 미국 문학』(공저) 『19세기 영국 문학과 미국 문학』(공저) 등이 있으며, 「허먼 멜빌Herman Melville의 작품에 나타난 진리, 언어, 텍스트의 문제」를 비롯해 미국 소설에 대한 다수의 논문을 발표했다.

문지 스펙트럼 세계 문학

도둑맞은 편지

제1판 제1쇄 1997년 6월 18일
제1판 제9쇄 2012년 11월 16일
제2판 제1쇄 2018년 11월 5일
제2판 제4쇄 2024년 5월 10일

지은이 에드거 앨런 포
옮긴이 김진경
펴낸이 이광호
주간 이근혜
편집 박지현 김가영
펴낸곳 (주)문학과지성사
등록번호 제1993-000098호
주소 04034 서울 마포구 잔다리로7길 18 (서교동 377-20)
전화 02) 338-7224
팩스 02) 323-4180(편집) 02) 338-7221(영업)
전자우편 moonji@moonji.com
홈페이지 www.moonji.com

ISBN 978-89-320-3503-1 03840

이 책의 판권은 옮긴이와 (주)문학과지성사에 있습니다.
양측의 서면 동의 없는 무단 전재 및 복제를 금합니다.

차례

도둑맞은 편지 7

아몬티야도 술통 40

어셔가의 몰락 53

고자질하는 심장 86

황금 풍뎅이 97

옮긴이의 말 160

작가 연보 168

일러두기

1. 이 책은 Edgar Allan Poe의 *The Penguin Complete Tales and Poems of Edgar Allan Poe*(Penguin Books, 1982)를 저본으로 하되, *The American Tradition in Literature*(Random House, 1981)를 참고하여 우리말로 옮긴 것이다.
2. 인명, 지명 등 고유명사의 외래어 표기는 국립국어원 외래어 표기법에 따랐다.
3. 이 책의 각주는 모두 옮긴이 주이다.
4. 원서에 이탤릭체로 표기된 부분 중 강조의 의미인 경우 이 책에서는 볼드체로 처리하고, 외국어(프랑스어 등)를 표기하기 위한 경우에는 따로 구분하지 않았다. 단, 원서에 강조의 의미로 이탤릭체로 되어 있으나 우리말로 옮기는 데 어색하거나 불필요하다고 판단될 경우, 따로 구분하지 않았다.
5. 원문에 삽입되어 있는 줄표의 경우 그대로 살린 곳도 있지만, 문맥에 따라 말줄임표나 쉼표로 바꾼 곳도 있다. 줄표의 잦은 반복으로 우리말로 하였을 때 가독성을 떨어뜨리는 경우에는 삭제하기도 하였다.

도둑맞은 편지

지나친 영리함이야말로 지혜가 가장 혐오하는 것이다.
—세네카

파리, 바람이 몹시 불던 18××년 가을 어느 날 해가 저문 직후, 포부르 생제르맹 지역 뒤노가 33번지 4층. 나는 친구 오귀스트 뒤팽과 함께 그의 작은 내실 서재에서 최고급 파이프 담배를 피우며 명상에 잠기는 매우 사치스러운 시간을 즐기고 있었다. 적어도 한 시간 이상이나 우리는 깊은 침묵을 지키고 있었다. 언뜻 보면 파이프에서 모락모락 피어올라 그 방의 공기를 짓누르는 담배 연기의 회오리 모양에 우리 각자가 골똘히 집중하고 있는 듯 보였으리라. 그러나 나로 말할 것 같으면, 그날 저녁 우리가 이야기를 나누었던 어떤 문제를 마음속으로 따져보는 중이었다. 그 문제란 모르그가의 사건과 마리 로제 살인 사건에 관한 풀리지 않는 수수께끼였다. 그러던 중 방문이 활짝 열리면서 우리의 오랜 지인이자 파리 경시청장인 G씨가 들이닥친 것은 우연의 일치라는 생각이 들었다.

우리는 그를 따뜻하게 환영했다. 이 사람은 멸시당해 마땅한 자이기도 하지만 그런 만큼이나 실소를 머금게 하는 인물이거니와, 서로 얼굴을 못 본 지 수년은 되었기 때문이다. 어둠 속에 앉아 있었던 터라 뒤팽이 불을 켜려고 일어나다가, 아주 골치 아픈 어떤 공무에 관해서 우리에게, 아니 우리라기보다는 친구 뒤팽에게 조언을 구하러 왔다는 G씨의 말을 듣고는 도로 앉았다.

뒤팽이 램프 심지에 불을 붙이려다 말고 말했다. "곰곰이 생각할 일이라면 어두운 편이 더 나을 겁니다."

"그건 당신이 가진 기묘한 관념 중의 하나지요." 자신이 이해 못 하는 것은 모두 '기묘하다'고 불러버리는 버릇이 있는, 그래서 수없이 많은 '기묘한 것들'의 세계 속에 살고 있는 경시청장이 말했다.

"옳으신 말씀입니다." 손님에게 파이프를 권하고 안락한 의자를 당겨주면서 뒤팽이 말했다.

"그런데 그 골치 아픈 일이란 무엇입니까?" 내가 물었다. "암살 사건에 관한 이야기는 더 이상 듣고 싶지가 않군요."

"아, 아니에요. 그런 종류의 일이 아닙니다. 사실 이 일은 **아주** 단순해요. 그리고 우리 스스로 이 사건을 충분히 해결해낼 수 있으리라는 것도 분명하고요. 단지 저는 뒤팽 씨가 이 일에 관한 자세한 내막을 듣고 싶어 하시리라고 생각했답니다. 왜냐하면 이 사건은 정말 너무도 **기묘**하거든요."

"단순하면서도 기묘하다고요?" 뒤팽이 말했다.

"글쎄요, 그렇다고나 할까요. 그렇다고 딱히 이도 저도 아니에요. 솔직히 말하자면 사건이 너무나 단순**하면서도** 해결이 안 되기 때문에 우리는 무척 당황하고 있답니다."

"어쩌면 그 문제가 너무 단순하기 때문에 당신이 해결하지 못하고 있는 건지도 모르지요." 내 친구가 말했다.

"도대체 무슨 말도 안 되는 소리를 하시는 겁니까?" 경시청장은 껄껄 웃으면서 대답했다.

"어쩌면 그 수수께끼가 **지나치게** 명백한 것일지도 모른다는 겁니다."

"원, 세상에! 그게 말이나 되오?"

"**지나치게** 자명한 것이오."

"하! 하! 하! — 하! 하! 하! — 허! 허! 허!" 우리 손님은 정말로 즐거워하면서 크게 웃었다. "오, 뒤팽 씨, 우스워서 죽을 지경이에요."

"그나저나, 도대체 어떤 일인데 그러십니까?" 내가 물었다.

"아, 말씀드리지요." 깊은 생각에 잠긴 듯이 길고도 절도 있게 담배 연기를 내뿜은 경시청장이 의자에 자리를 잡으며 대답했다.

"간단히 말씀드릴게요. 그러나 먼저 알고 계셔야 할 것은 이 일이 극도의 보안을 요하는 문제라, 만약 내가 이걸 누구에게라도 발설했다는 것이 알려지기라도 하면 십중팔구 내 목이 달아나고 말리라는 겁니다."

"말씀해보세요." 내가 말했다.

"아니면 하지 마시든지요." 뒤팽이 말했다.

"좋아요, 매우 중요한 어떤 문서가 황실에서 도난당했다는 정보를 고위층의 소식통으로부터 개인적으로 들었답니다. 그것을 훔쳐 간 인물도 알고 있어요. 이 점에 대해서는 의심의 여지가 없지요. 그가 그것을 가지고 가는 것이 목격되었으니까요. 그것이 여전히 그의 손아귀에 있다는 것 또한 알고 있답니다."

"그건 어떻게 알지요?" 뒤팽이 물었다.

"그 문서의 성격, 그리고 그 문서가 그 도둑의 손에서 **떠나는** 순간, 다시 말하면 그가 궁극적으로 그것을 이용하려는 계획대로 그것을 이용했을 때 즉시 발생할 어떤 결과가 아직은 나타나고 있지 않다는 것으로부터 명확하게 추리해낼 수 있는 것이지요." 경시청장이 대답했다.

"빙빙 돌리지 말고 좀더 명확하게 말씀을 하시지요." 내가 말했다.

"글쎄요, 굳이 말하자면 그 서류를 소유하는 사람은 특정한 힘을 가지게 됩니다. 그러한 힘이 굉장히 중요한 그런 특정한 분야에서요." 이 경시청장은 외교관들이 쓰는 은밀한 말투를 좋아했다.

"그래도 저는 이해가 잘 안 가는군요." 뒤팽이 말했다.

"그래요? 그렇다면 이 문서가 이름을 밝힐 수 없는 제삼자에게 폭로되는 날에는 어떤 최고위층 인사의 명예가 위태로워진다고나 할까요. 그렇기 때문에 이 문서를 가진 사람은 명예와 안위가 위협받고 있는 그 저명한 인사에 대한 주도권을 가지게 되는 것이지요."

"그러나 그 주도권은 도난당한 이가 도둑의 신원을 안다는 것을 그 도둑이 알고 있을 때라야 가능한 것 아닙니까. 그렇다면 누가 감히……"라고 말하면서 내가 끼어들었다.

"그 도둑은 바로 D장관이지요. 인간으로서 할 일 안 할 일 가리지 않고 무슨 일이든지 하는 사람입니다. 그 범행 수법은 대담하면서도 교묘했어요. 문제의 서류는, 솔직히 말하면 편지인데 도난을 당한 그분이 황실의 내실에 혼자 있을 때 받게 되었지요. 그것을 읽는 동안 그녀는 다른 어떤 높은 분의 급작스러운 방문을 받게 되었고, 그 편지를 그분에게 보이고 싶지 않으셨던 겁니다. 그래서 급히 편지를 서랍에 넣으려고 했지만 그렇게 못 하고 하는 수 없이 봉투가 열린 채로 탁자 위에 놓아둘 수밖에 없었답니다. 그나마 겉봉이 맨 위에 놓이고 편지지는 가려져서 들키지 않았지요. 바로 그 순간 D장관이 들어온 것입니다. 그는 살쾡이 같은 눈으로 그 겉봉에 쓰여 있는 주소의 필체를 알아보고, 편지 임자의 당황한 모습에서 그녀의 비밀을 감지한 것이지요. 여느 때처럼 사무를 본 후에 그는 문제의 편지와 비슷한 편지를 꺼내서는 읽는 척하다가 그 편지와 아주 가까운 곳에 놓았지요. 그러고는 15분여 동안 공무에 관해서 이야기를 했답니다. 그러더니 떠나면서 탁자에서 자기 것이 아닌 편지를 집어간 것이지요. 원래의 편지 주인도 물론 이것을 보았지만 바로 곁에 있는 제삼의 인물 때문에 감히 장관의 행동을 문제 삼을 수가 없었고요. 그래서 장관은 중요하지 않은 자기 편지를 탁자 위에 남겨놓고는 유유히 떠나간 것입니다."

"그러니까 바로 여기서 주도권을 장악하기 위한 조건이 충족되었군. 도난당한 이가 도둑의 정체를 알고 있다는 사실을 그 도둑이 아는 것 말이야." 뒤팽이 나에게 말했다.

"그래요." 경시청장이 대답했다. "그리고 그는 여기서 얻은 힘을 지난 몇 달 동안 극히 위험스러운 지경까지 정치적인 목적으로 휘두르고 있는 상황입니다. 도난을 당한 분은 날이 갈수록 그녀의 편지를 되찾아와야 할 필요를 더욱 절실히 느끼고 있지요. 하지만 이걸 드러내놓고 할 수는 없는 일이구요. 결국 그녀는 절망에 빠져서 이 문제를 저한테 털어놓은 것입니다."

"당신보다 더 현명한 해결사를 어찌 바랄 수, 아니 상상이나 할 수 있겠습니까." 뒤팽이 완벽한 회오리 모양의 연기를 뿜어내면서 말했다.

"듣기 좋으라고 하시는 말씀이겠지만," 경시청장이 대답했다. "그렇게 생각하시는 것도 무리는 아니지요."

"당신 말씀대로 편지가 장관의 수중에 있다는 것은 명확하군요. 왜냐하면 그에게 힘을 부여하는 것은 그 편지를 사용하는 것이 아니라 소유하고 있다는 사실일 테니까요. 그것을 사용하면 그 힘은 없어지게 되는 것이지요." 내가 말했다.

"맞습니다." G는 말했다. "그런 확신하에 저는 일을 진행했습니다. 제가 가장 먼저 한 일은 장관의 집을 샅샅이 수색하는 것이었지요. 가장 어려운 점은 가택 수색을 몰래 해야 한다는 것이었습니다. 무엇보다도 그가 우리 계획을 희미하게라도 눈치채게 되었을 때 일어날 결과에 대해서 그분이 누차 경고를 했거든요."

"그렇지만 당신네들은 이런 식의 수사를 아주 잘하지 않습니까? 파리 경찰은 전에도 자주 이런 일을 해온 것으로 아는데요." 내가 말했다.

"아 물론이지요. 그리고 그런 이유로 좌절하지도 않았지요. 장관의 생활 습관은 제게 아주 유리하게 작용했답니다. 그는 종종 밤새도록 집을 비우더군요. 하인들도 많지 않고요. 하인들은 장관의 방에서 멀리 떨어진 곳에서 잠을 자고, 주로 나폴리 사람들이라서 술도 좋아하지요. 아시다시피 저는 파리의 어떤 방이나 서랍도 열 수 있는 열쇠들을 가지고 있지 않습니까. 지난 석 달 동안 하룻밤도 빼놓지 않고 저 혼자서 D장관의 집을 샅샅이 뒤졌습니다. 제 명예가 걸린 일이고, 솔직히 말하자면 보상도 어마어마하거든요. 결국 그 도둑이 저보다 더 영민한 놈이라는 것을 완전히 인정하고서야 수색을 그만두었답니다. 편지를 숨길 만한 곳은 샅샅이 뒤졌단 말입니다."

"그렇지만 그 편지가 틀림없이 장관의 수중에는 있다 하더라도 자기 집 안 아닌 다른 곳에 숨겼을 수도 있지 않습니까?" 내가 의견을 건넸다.

"그건 거의 가능성이 없는 일이지. 지금 궁정에서 일이 돌아가는 상황이나, 특히 D가 관여하고 있다고 알려진 음모의 성격상 그 문서를 즉각적으로 사용할 수 있도록 보관하고 있는 것, 당장이라도 내놓을 수 있는 것이 그걸 가지고 있는 것만큼이나 중요한 문제니까." 뒤팽이 말했다.

"내놓을 수 있는 것이라니?" 내가 말했다.

"바꿔 말하자면, 당장이라도 **없애버릴** 수 있는 것 말이지." 뒤팽이 말했다.

"맞아." 내가 말했다. "그러니 그 편지는 분명히 집 안에 있지, 그가 직접 지니고 다닌다는 것은 말이 안 되겠군."

"전적으로 그렇습니다." 경시청장이 말했다. "부하들을 노상강도들로 가장시켜서 그를 두 번이나 습격했지요. 그리고 내 감독하에 그의 몸을 샅샅이 수색했단 말입니다."

"그런 수고를 하실 필요가 없었을 것 같은데요." 뒤팽이 말했다. "내가 추측하기로는 D가 완전히 바보는 아닌 것 같고, 바보가 아닌 다음에야 당연히 그런 몸수색쯤은 예견했겠지요."

G가 말했다. "**완전히** 바보는 아니라니, 그렇다면 그는 시인이겠군요. 저는 바보 바로 다음이 시인이라고 생각하거든요."

"맞습니다." 뒤팽이 자신의 생각이 담긴 듯한 긴 담배 연기를 파이프로부터 내뿜었다. "비록 저도 몇 줄씩 끄적이고 있기는 하지만요."

"그 수색에 관해 좀더 자세하게 말씀해보시지요." 내가 말했다.

"에, 사실은, 우리는 상당한 시간을 써서 **모든 곳을** 수색했습니다. 이런 일에는 저도 오랜 경험이 있는 터라 집 전체에서 방 하나씩을 잡아서는 일주일 밤을 꼬박 방 하나씩만 수색했지요. 먼저 각 방의 가구들을 조사했습니다. 열리는 모든 서랍들을 열어보고요. 당신도 아시리라 생각됩니다만, 제대로 훈련된 경찰을 상대로는 '**비밀**' 서랍이라는 것이 불가능하지 않습니까. 이런 종류의 수색에서 벗어나려고 '비밀' 서랍을 사용하는 것은 바보 천치나 하는 일이지요. 이 일은 매우 간단해요. 모든 서랍장은 계산이 가능한 일정한 공간을 가지고 있지요. 그리고 우리는 정확한 자를 가지고 있단 말입니다. 1밀리미터의 50분의 1이라도 놓치지 않지요.

서랍들을 뒤진 후에는 의자들을 조사했습니다. 이전에 내가 어떻게 하는지를 당신도 보셨지요. 바로 그 길고 가는 바늘들로 쿠션들을 모두 찔러보았거든요. 탁자들은 상판을 들어냈지요."

"왜요?"

"뭔가를 숨기려고 할 때 어떤 이들은 탁자 같은 가구의 상판을 들어내고 다리를 파내 그 빈 공간에 물건을 넣고는 다시 상판을 덮지요. 침대 기둥의 바닥과 위도 유사한 방식으로 이용하고요."

"그렇지만 두드려만 봐도 그런 공간은 알아챌 수 있지 않나요?" 나는 물었다.

"물건을 넣은 후에 솜을 충분히 채우기만 한다면 그렇지도 않지요. 더군다나 이번 경우에는 소리를 내지 않고 일을 해야만 하니까요."

"그래도 당신이 말한 그런 식으로 물건을 넣을 만한 가구들을 **모두** 분해해볼 수는 없을 텐데요. 편지 한 장쯤이야 아주 가늘게 말 수 있으니 큰 뜨개바늘과 그 모양이나 부피가 다를 바가 없을 테고 그런 형태로 가령 의자의 가로대 같은 곳에 밀어 넣을 수도 있지요. 설마 의자를 모두 박살내놓으신 건 아니겠지요?"

"물론 아니지요. 그것보다야 더 나은 방법을 썼구요. 그 집에 있는 모든 의자의 버팀목을 조사했을 뿐만 아니라 모든 가구들의 접합 부분을 가장 성능 좋은 확대경으로 조사했으니까요. 최근에 손을 댄 흔적만 있어도 즉각 발견했을 것입니다. 송곳밥 하나라도 마치 사과처럼 분명하게 보였을 테니까요. 접착된 곳의 조그마한 흠집이나 접합 부분의 심상치 않은 틈도 분명히 눈에 띄었을 것입니다."

"거울의 유리와 뒤판 사이도 보셨겠지요. 커튼과 카펫, 그리고 침대와 침대보들도 조사하시고요."

"그야 물론이지요. 그리고 이런 방법으로 모든 가구들을 완전히 조사한 후에는 집 자체를 조사했답니다. 집 전체 표면을 구획 짓고 번호를 매겨 하나라도 빠지지 않도록 했지요. 그런 다음에는 이전처럼 확대경을 가지고 집 전체를 각 1평방인치씩 조사했답니다. 또 그 집과 나란히 붙은 양쪽 집도요."

"이웃 양쪽 집까지요!" 나는 소리쳤다. "정말 고생깨나 하셨군요."

"그랬지요. 그렇지만 걸린 상금도 크니까요."

"집 주위의 **마당**도 조사하셨나요?"

"마당은 벽돌로 포장이 되어 있어요. 그래서 비교적 문제가 없었지요. 벽돌 사이 이끼들을 조사해보았는데 손을 댄 흔적이 없더군요."

"D의 문서들이나 서재의 책들도 보셨습니까?"

"물론이지요. 봉투들과 상자들도 모두 열어보았지요. 그것도 그냥 열어보거나 일부 경찰들이 하는 것처럼 그저 흔들어보는 데만 만족하지 않고 모든 책의 모든 책장을 낱낱이 넘겨보았답니다. 또한 모든 책 표지의 두께를 아주 정확한 자로 측정하고, 확대경으로 자세하게 조사했고요. 만일 어떤 책의 제본이라도 최근에 손을 댄 흔적이 있다면 발견 못 했을 리 없어요. 얼마 전에 제본한 듯한 책 대여섯 권은 위에서부터 아래까지 따라 내려가면서 바늘로 모두 찔러보았지요."

"카펫 밑 마루는요?"

"그야 여부가 있나요. 모든 카펫을 들어내고, 마루를 확대경으로 조사했지요."

"벽지들도요?"

"네."

"찬장은?"

"했지요."

"그렇다면 당신이 잘못 생각하신 거고 그 편지는 당신 짐작과는 달리 그 집에 **없는 것** 아닙니까?" 나는 말했다.

"그건 당신이 옳을지도 모르겠어요. 자 뒤팽 씨, 이제 나더러 어떻게 해보라고 충고하시겠소?" 경시청장이 말했다.

"그 집 안을 샅샅이 조사해보라고요."

"그것은 전적으로 쓸데없는 충고요. 지금 내가 숨을 쉬고 있는 것만큼이나 편지가 그 집 안에 없다는 것은 확실하니까요.” G가 대답했다.

“그렇다면 더 드릴 말씀이 없군요. 물론 편지의 특징은 정확히 알고 계신 거겠죠?” 뒤팽이 말했다.

“아 물론이지요!” 그러면서 경시청장은 수첩을 꺼내서는 없어진 편지의 속지, 그리고 특히 겉봉의 특징들에 대한 상세한 설명을 큰 소리로 읽어 내려갔다. 그런 후에 그는 돌아갔는데, 그렇게 풀이 죽은 모습은 이전에 한 번도 본 적이 없었다.

한 달여쯤 지나 우리가 거실에서 이전처럼 파이프 담배를 피우면서 생각에 잠겨 있을 때 그가 또다시 찾아왔다. 파이프를 집어 들고 의자에 앉더니 그는 일상적인 이야기들을 시작했다. 그래서 결국 내가 입을 열었다.

“그런데 G씨, 그 도난당한 편지는 어찌 되었습니까? 도저히 장관을 따라잡지 못하는 것으로 결국 단념을 하신 것 같은데요?”

“빌어먹을 놈. 그래요. 그래도 저는 뒤팽 씨가 말한 대로 다시 조사를 했지요. 그러나 모두 소용없는 일이었어요. 그럴 줄 알긴 했지만.”

“여기에 걸린 상금이 얼마라고 하셨지요?” 뒤팽이 물었다.

“어, 아주 많지요. **매우** 후한 상금입니다. 정확하게 얼마라고 밝히고 싶지는 않아요. 그러나 한 가지 **단언할 수 있는** 것은, 누구든지 나에게 그 편지를 가져다주는 이에게는 내가 직접 5만 프랑짜리 수표를 끊어주겠다 이겁니다. 사실 그 편지는 요즈음 점점 더 중요해지고 있어요. 그래서 최근에 보상금도 두 배로 올랐지요. 그렇지만 그게 세 배였더라도 내가 지금까지 한 것보다 더 하지는 못했을 거요."

"아, 네." 뒤팽이 파이프 연기를 내뿜는 사이사이 느릿느릿한 말투로 말했다. "제가 생각하기로는…… G씨, 당신은 이 문제에 관해서…… 아직 최선을 다하신 건 아니지요? 당신은 아마도…… 조금 더 노력을 해보실 생각이지요, 네?"

"어떻게요?…… 어떤 방법으로요?"

"왜…… 후우…… 당신은 아마도…… 후우, 후우…… 이 문제에 관해서 조언을 구해보실 수도 있고요…… 후우, 후우…… 혹시 애버네시에 대한 이야기를 들어보셨나요?"

"아니요, 애버네시는 또 무슨 빌어먹을!"

"맞아요! 빌어먹을 녀석이고 그래도 싸지요. 그런데 옛날에 어떤 부자 구두쇠가 이 애버네시에게 공짜로 의학적인 조언을 구할 요량으로 꾀를 썼지요. 그래서 그 구두쇠는 둘이 있을 때 일상적인 대화를 시작하고는 자기 증상을 마치 어떤 가상 인물의 증상처럼 꾸며서 슬그머니 이야기를 한 거예요.

'그러니까 그의 증상은 이러하거든요. 그러면 의사 선생, **당신** 같으면 그 사람에게 어떤 약을 구해 먹으라고 하시겠소?'

'무슨 약을 구해보라고 하겠냐고요? 물론 의사에게 **조언**을 구하라고 하겠소.'"

경시청장은 다소 당황하면서 말했다. "그렇지만 **나는 기꺼이** 조언을 들으려 하고 있고 그에 대한 사례 또한 기꺼이 지불할 것이오. **진짜로** 이 일을 도와주는 누구에게든지 5만 프랑을 줄 거란 말이오."

"그렇다면," 뒤팽이 서랍을 열고는 수표책을 꺼내더니 대답했다. "말씀하신 금액으로 수표를 끊어주시지요. 수표에 서명을 하시면 그 편지를 넘겨드릴 테니까요."

나는 놀라서 기가 막혔다. 경시청장 또한 완전히 번개 맞은 사람처럼 보였다. 그는 입을 벌린 채 튀어나올 듯한 눈으로 내 친구를 못 믿겠다는 듯이 들여다보면서 몇 분 동안 말도 못 하고 움직이지도 못하는 것이었다. 그러고는 어느 정도 정신을 차리는 것 같더니만 펜을 잡고 몇 번을 멈추며 멍하니 수표책을 들여다보다가, 마침내 5만 프랑짜리 수표를 써서 탁자 너머로 뒤팽에게 넘겨주었다. 뒤팽은 그것을 자세히 살펴보고는 지갑 속에 넣었다. 그다음엔 책상 서랍을 열더니 편지를 꺼내 경시청장에게 주었다. 이 공무원은 과도한 기쁨에서 오는 고통 속에 그것을 움켜쥐더니 떨리는 손으로 펼쳐 내용을 재빨리 훑어보고는, 제대로 걸음도 못 걸으며 기는 듯이 가까스로 문 쪽으로 가더니만, 결국 인사도 없이 방에서 나가버렸다. 뒤팽이 수표를 쓰라고 한 이후로는 입도 한 번 뻥긋하지 못하고.

그가 떠나자, 내 친구는 설명을 시작했다.

"파리 경찰은 그들 나름대로는 아주 유능하지. 인내심도 강하고 재주도 있고 영악한 데다가, 임무에 필요한 그런 지식들은 완전히 통달하고 있으니까. 그래서 D장관의 집을 어떤 방식으로 수색했는지 G가 자세히 이야기해주었을 때, 나는 그가 자기 방식으로 할 수 있는 만큼의 수사는 확실하게 했다는 것을 전적으로 믿을 수 있었네."

"그의 방식으로 할 수 있는 만큼이라니?"

"그래. 그가 택한 방식은 그런 종류로서는 최상의 방식일 뿐만 아니라 완벽하게 실행되었지. 그러니까 편지가 그 수색 범위 안에 있었다면 틀림없이 발견되었을 거야."

나는 그냥 웃을 수밖에 없었다. 그렇지만 그는 아주 심각하게 말하고 있는 듯했다.

그는 말을 이었다. "그 방법은 나름대로는 괜찮았고 또 훌륭하게 수행되었지. 그러나 그것이 가지고 있는 단점은 그게 이번 사건과 인물에게는 적용될 수가 없다는 점이야. 경시청장은 매우 교묘한 수사 방법을 가지고 있지만, 마치 프로크루스테스*의 침대처럼 고집스럽게 각 사건의 수사 계획

* 그리스 신화에 나오는 강도로, 잡힌 사람을 쇠침대에 눕혀 키 큰 사람은 다리를 자르고 작은 사람은 잡아 늘였다고 한다.

을 거기다가 강제로 갖다 맞추거든. 그래서 다루고 있는 문제들에 비해 어떤 때는 지나치게 깊이 들어가거나 어떤 때는 지나치게 피상적으로 접근하기 때문에 끊임없이 실수를 저지르는 거지. G보다 추론을 잘하는 아이들도 많을걸. '홀짝 놀이'를 너무도 잘해서 아주 많은 이들이 경탄했던 여덟 살짜리 아이를 본 적이 있어. 이 놀이는 공깃돌로 하는 아주 단순한 것인데, 한 사람이 손에 일정한 개수의 돌을 쥐고 상대편에게 그것이 홀수인가 짝수인가를 묻는 놀이야. 만일 그걸 맞히면 공깃돌 하나를 따는 것이고 틀리면 하나를 내주는 것이지. 내가 본 그 아이는 그 학교의 공깃돌이란 공깃돌은 모두 휩쓸어버린 거야. 물론 그 아인 홀짝을 맞힐 때 일정한 원칙을 가지고 있었지. 그리고 그 원칙이란 단순히 자신의 놀이 상대가 얼마나 영리한가를 관찰하고 재어보는 데서 나오는 것이라더군. 예를 들면 형편없는 멍청이가 주먹 쥔 손을 내밀고 '홀이게 짝이게?' 물으면 이 아이는 '홀'이라고 대답하고는 일단 지는 거야. 그러나 두번째부터는 그가 이기게 되는데, 왜냐하면 그때는 속으로 '이 멍청이는 첫번째 시합에서 짝수를 쥐었으니까 머리 돌아가는 것으로 보아 두번째는 홀을 쥘 거야. 그러니까 홀이라고 해야지'라고 생각하기 때문이지. 그래서 홀이라고 하고는 이기는 거야. 그런데 이 먼젓번 멍청이보다 한 수 위인 멍청이가 걸리면 이 아이는 이렇게 따져나간다네. '이 녀석은 첫번째 시합에서 내가 홀이라고 했으니까 두번째에서는 일단은 짝에서 홀로 바꾸려고 단순하게 생각할 거야. 그러다가 다시 이런 변화가 너무도 단순하다고 생각하고는 첫번째처럼 짝을 내밀겠지.' 그러고는 짝이라고 말하곤 이기는 거지. 그 최종적 분석에서 다른 친구들은 '운'이라고 부르는 이 아이의 추론 방식, 그건 무엇이겠나?"

"그건 그저 추론자의 지적 능력을 자기 적수의 지적 능력에 맞추는 거지."

"맞아." 뒤팽이 말했다. "그리고 그 아이에게 도대체 어떻게 그런 **완전한** 동일시를 해서 놀이에서 이길 수 있느냐고 물으니까 이러더라고. '어떤 이가 얼마나 현명한가 혹은 얼마나 멍청한가, 얼마나 착한가 혹은 얼마나 악한가, 혹은 지금 무슨 생각을 하고 있는가를 알고 싶을 때, 저는 그 사람의 표정과 할 수 있는 한 똑같은 표정을 지어요. 그러고는 그 표정과 같은 표정을 짓기 위해서 제 속에서 무슨 생각이나 감정이 일어나는가를 기다리지요.' 이 아이의 이런 대답이 바로 라로슈푸코, 라브뤼예르, 마키아벨리, 그리고 캄파넬라 등에서 볼 수 있는 비논리적인 심오함의 기저에 있는 것이지."

"그리고 내가 자네 말을 제대로 이해했다면 추론자의 지적 능력을 그의 상대와 맞추는 것은 그 상대의 지적 능력을 측정하는 정확도에 달려 있겠군." 내가 말했다.

뒤팽은 대답했다. "그 실제적인 가치에 있어서는 그렇지. 그리고 경시청장과 그의 부하들은 너무도 자주 이런 동일시에서 먼저 실패하고, 그다음에는 그들이 상대해야 하는 적수에 대한 평가에서 실패하지. 아니 그보다는 아예 그것을 염두에 두지 않는다고나 할까. 그들은 그저 **자기들이** 생각하는 영리함만을 고려해. 그러고는 어떤 숨겨진 것을 찾을 때 **자기라면** 어디에 숨겼을까 하는 문제에만 집중하거든. 여기까지는 그들이 옳을 수도 있어. 왜냐하면 그들의 머리란 것은 **대부분 사람들**과 수준이 꼭 같거든. 그러나 어떤 악당이 그들과 종류가 다르게 교활할 경우에 그 악당은 쉽게 그들을 따돌리게 되는 거지. 이런 일은 악당이 그들보다 높은 수준에 있을 때나, 아주 드문 일이기는 해도 그들보다 낮은 수준에 있을 때 일어난다네. 그들은 수사를 할 때 원칙에 변화를 주지 못해. 그래서 극도로 중요한 사안이든가 혹은 큰 보상들이 걸리면 원칙에는 손대지 않고 기껏해야 이전의 그 케케묵은 **관습**을 좀더 늘리든가 부풀릴 뿐이지. 예를 들면 이번 D장관의 사건에서 그 수사 원칙을 변화시킨 것이 어디 있기나 한가? 뚫어보고 두드려보고 확대경으로 들여다보고 건물 표면에 번호를 붙여 1평방인치로 나누는 이 모든 짓거리들이 다 무엇이겠나. 단지 경시청장이 임무를 오랫동안 되풀이하면서 익숙해진 것, 인간의 영리함에 대한 일정한 관념에 근거한 일련의 수색 원칙을 부풀려서 **적용**한 것에 불과할 뿐이지. 어느 누구라도 편지를 숨기려 할 때, 딱히 의자 다리에 뚫은 송곳 구멍은 아니라 하더라도 최소한 의자 다리에 뚫은 송곳 구멍에 편지를 감추겠다는 식의 생각에서 떠오른 어떤 눈에 안 띄는 구멍이나 구석에 숨기는 게 당연할 거라고 그는 생각을 하지. 그렇게 애써서 생각해낸 구석들이라는 것은 단지 평범한 경우들에만, 평범한 지적 능력을 가진 사람들에게만 해당되는 것인데도 말이야. 그래서 물건을 숨길 때는 예외 없이 그 물건을 숨길 것이라고 — 그렇게 애써 생각한 방식으로 숨길 거라고 — 바로 추측할 수 있게 되고 또 그렇게 추측하는 거지. 그러니까 그것을 발견하느냐 못 하느냐는 결코 그것을 찾으려는 이의 총명함에 달린 것이 아니라 단지 찾는 이의 관심과 인내와 의지에 달린 것이지. 그리고 중요한 사건의 경우 — 정치적으로 중요한 사건이거나 그 보상금이 클 때 — 문제가 되는 수사의 성질 자체가 잘못되었다고는 **결코** 밝혀지지 않는 것이지. 만일 도난당한 편지가 경시청장의 수색 범위 내 어딘가에 숨겨져 있었다면, 다시 말해 그것을 숨기는 데 있어서의 원칙이 경시청장의 원칙의 범위 내에 있었다면, 그것이 발견되는 것은 의심할 여지가 없다는 내 말이 이제 이해가 갈 것일세. 그러나 이 공무원은 완전히 헷갈린 거지. 그가 실패하게 된 원인을 깊숙이 추적해보면 그 장관이 시인으로서 명성을 얻었기 때문에 그가 바보일 거라는 가정에 있어. 모든 바보들은 시인이다, 경시청장은 이렇게 **느낀 거야**. 그러고는 그 가정으로부터 모든 시인들은 바보라고 추론하는 논리적 오류를 범한 거지."

"그렇지만 이 사람이 진짜로 시인인가?" 내가 물었다. "내가 알기로 D장관에게는 형제가 하나 있고 둘 다 문장가로 명성을 얻었다고 하던데. 그 장관은 미분학에 대해서 조예 깊은 글을 써온 걸로 알고 있네. 그는 시인이 아니라 수학자야."

"자네가 잘못 안 걸세. 나는 그를 잘 알지. 그는 시인**이자** 수학자야. 시인이자 수학자로서 그는 추론을 아주 잘하지. 단지 수학자이기만 해서는 추론을 못할 것이고, 그랬으면 경시청장에게 덜미를 잡혔겠지."

"세상 사람들이 흔히 하는 말과는 반대되는 말로 자넨 나를 놀라게 하는군. 설마 수 세기에 걸쳐서 다듬어진 생각들을 완전히 무시해버리는 것은 아니겠지. 수학적인 추론이야말로 **탁월한** 논리로 간주되어왔지 않은가."

"널리 받아들여지는 모든 생각과 관습 들은 대중들에게 받아들여진 것으로 판단하건데 어리석은 것들일 수 있다." 뒤팽은 샹포르의 말을 그대로 인용하여 대답했다. "수학자들은 분명 자네가 말한 그 흔한 오류들을 최선을 다해 널리 퍼뜨려 왔지. 그렇지만 진실이라고 널리 알려졌음에도 불구하고 그건 분명 틀린 이야기라네. 예를 들면 좀더 가치 있는 대의명분에나 써야 할 기교를 가지고 그들은 슬며시 '분석analysis'이라는 용어를 '대수학algebra'에 적용하도록 만들었지. 프랑스인들이 이 특정한 속임수의 원조라고 할 수 있어. 그러나 어떤 용어가 중요성을 가진다면 — 만일 단어들이 그 적용 가능성으로부터 그 가치를 끌어낸다면, '분석'이라는 단어는 '대수학'과 연결될 수도 있지. 마치 라틴어로 '*ambitus*'가 영어로 'ambition'을, '*religio*'가 'religion'을, 그리고 '*homines honesti*'가 'honorable men'을 뜻하게 된 것처럼 말일세."*

"자네는 파리의 대수학자들 몇 명과 한바탕 싸움을 하게 생겼군. 그렇지만 계속해보게." 내가 말했다.

"나는 추상적으로 논리적인 방식을 제외하면 어떤 다른 특정한 형태로 체계화된 논리들이 쓸모가 있다고 믿지도 않고, 그러니 당연히 그런 것이 가치가 있다고 생각하지도 않는다네. 나는 특히 수학적인 연구에서 연역되는 논리를 믿

* 라틴어의 원래 의미가 변하여 영어 단어의 어원으로 쓰인 예들이다. *ambitus*의 원래 의미는 '회전'이나 '순회'였으며 지위를 얻기 위해 비도덕적으로 기웃거린다는 뜻을 가지고 있었으나 영어 ambition(야망)의 어원이 되었다. *religio*는 영어 religion(종교)이 의미하는바 종교에 국한되지 않는 '경외'와 '존중'을 뜻하였다. *homines honesti*는 단수형인 *honestus*가 도덕적 함의 없이 원래는 '뛰어난'을 의미하였으나 영어 honorable men(명망 있는 사람들)의 어원으로 여겨진다.

지 않아. 수학은 형태와 양의 과학이야. 수학적인 추론은 단지 형태와 양에 대한 관찰에 적용되는 논리이지. 소위 **순수** 대수라는 것을 이상적인 혹은 일반적인 진리라고 추정하는 것은 중대한 오류야. 그리고 이러한 오류는 너무도 터무니없어서, 나는 그것이 그토록 보편적으로 받아들여지는 게 미칠 지경이라네. 수학의 공리들은 결코 일반적인 진리의 공리들이 **아니거든**. 예를 들면 형태와 양의 **관계**에서 진리인 것이 때로 도덕에서는 완전히 틀린 것이지. 윤리학에서 부분들의 집합이 전체와 같다는 것은 대개는 사실이 아니니까. 또한 화학에서도 그 공리는 맞아떨어지지 않네. 동기를 고려해보기만 해도 그것은 틀린 이야기야. 왜냐하면 두 가지의 동기, 각각의 일정한 가치를 지닌 두 가지 동기가 합쳐졌을 때 반드시 그것이 각각의 가치의 총합만큼 가치를 지니는 것은 아니거든. **관계**의 범위에서만 진리라고 할 수 있는 다른 수학적인 진리들이 얼마든지 있다네. 그러나 수학자들은 자기의 **제한된 진리**에서 시작하여 습관적으로— 그리고 세상이 실지로 그렇게 상상하는 대로— 마치 그것들이 절대적으로 보편적인 적용성을 가진 것같이 주장하지. 브라이언트는 조예 깊은 저서 『신화학』에서 그러한 오류와 유사한 것에 대해서 언급하고 있네. '이교도의 우화들을 믿지는 않으면서도, 우리는 끊임없이 우리 자신을 망각하고 마치 그들이 현존하는 실체들인 양 그것들로부터 추론을 한다'고 말했거든. 그러나 이교도 같은 대수학자들은 바로 그 '이교도의 우화'를 실지로 신봉하고 그것으로부터 추론을 하지. 착오 때문이 아니라 어이없이 머리를 썩이면서 말이야. 간단히 말하자면, 수학의 중근을 믿는 것을 기꺼이 포기하려 한다거나 그것을 x^2+px는 절대적이고 무조건적으로 q와 같다는 것에 대한 자기 믿음의 출발점으로 은밀하게 믿고 있지 않은 수학자를 이제껏 만나본 적이 없다네. 시험 삼아 이런 신사들에게 x^2+px가 q가 **아닌** 상황이 있을 수도 있다고 말해보게. 자네가 도대체 무슨 말을 하는지를 일단 그 사람에게 이해시킨 후에는 가능한 한 빨리 멀찌감치 도망가는 것이 현명할 거야. 왜냐하면 틀림없이 자네를 때려눕히려고 할 테니까 말야."

나는 뒤팽의 마지막 말에 웃을 수밖에 없었는데, 그러는 동안에도 뒤팽은 말을 이어나갔다. "만일 장관이 단지 수학자이기만 했다면 경시청장은 나에게 이 수표를 줄 필요가 없었을 걸세. 그러나 내가 알기로 그는 수학자이자 시인이고, 내 방식은 그의 능력과 그가 처한 상황을 함께 고려한 것이지. 그는 또한 궁정 생활을 하는 대담한 **계략가**거든. 내가 알기로 그런 사람은 반드시 일상적인 정치적 행태를 의식하고 있게 마련이지. 그러니까 그는 자신이 노상 수색을 당하리라는 것을 예견할 수밖에 없고, 실지로 그것을 예견했다는 것이 드러나지 않았나. 그는 또한 자기 집 안이 비밀리에 수색을 당하리라는 것도 내다보았을 거야. 경시청장은 그가 밤에 집을 자주 비운 덕에 수색이 수월했었다고 좋아했지만, 나는 그것이 단지 하나의 **책략**으로서 자기 집을 완전히 수색할 기회를 경찰에 주기 위한 것이었다고 보네. 그래서 경찰들로 하여금 편지가 집 안에 없다는 확신을 빨리 갖도록 하려고 말이야. G씨도 실지로 그러한 결론을 내리지 않았나. 그리고 숨겨진 물건을 찾는 정치적 행태에서 변하지 않는 원칙에 관한 이러한 일련의 생각들, 지금 내가 자네에게 자세히 설명하는 데 애를 먹고 있는 이 일련의 생각들이 반드시 장관의 마음속에도 스쳐 지나갔으리라고 믿네. 그러니까 그는 당연히 은닉 장소로 평범한 곳을 택하지 않았겠지. 집 안의 아무리 교묘한 구석도 매일 쓰는 옷장만큼이나 경시청장의 눈과 탐침과 송곳과 확대경에 노출되어 있다는 것을 모를 정도로 머리가 나쁘지는 않거든. 그래서 내가 내린 결론은 그가 필연적으로 **단순성**을 택할 수밖에 없으리라는 것이었네. 그가 의도적으로 그것을 택하지 않았다고 하더라도 말이야. 경시청장이 우리를 처음 찾아온 날, 이 문제가 그를 그토록 곤란하게 만드는 것은 그것이 **지나치게** 자명한 문제이기 때문일지도 모른다고 내가 말했을 때 그자가 얼마나 죽도록 웃었는지 기억날 걸세."

"그럼. 기억나고말고. 정말로 그가 발작이라도 일으키는 줄 알았다니까." 나는 맞장구를 쳤다.

"물질세계는," 뒤팽이 말을 이었다. "정신세계와의 매우 엄밀한 유사성들로 가득 차 있지. 그러니까 수사학적인 도그마에도 어떤 고유의 진실성이 부여되고, 비유나 은유는 묘사의 장식이 될 뿐만 아니라 논증의 힘을 더하기 위해 사용될 수 있는 거지. 예를 들어 **관성**의 힘은 물리학과 형이상학에서 동일하게 적용되는 것처럼 보이네. 물리학에서 작은 물체보다 큰 물체를 움직이기가 더 어렵고 그 이후의 운동량도 이 어려움에 비례한다는 것이 사실인 것과 마찬가지로, 형이상학에서도 높은 지능이 그보다 열등한 지능보다 더 강력하고 더 지속적이며 보다 많은 일을 하지만 그 초기 단계에서는 움직이기 시작하는 게 좀더 힘들고 좀더 느리다는 것이 사실이지. 다른 말로 바꿔보겠네. 자네는 상점 문 위에 걸린 표지판들 중에서 어떤 것이 눈에 잘 띄는지 주의 깊게 본 적이 있나?"

"그런 문제는 생각해본 적도 없는걸." 내가 말했다.

"지도를 가지고 하는 게임이 있지." 그는 계속했다. "한편이 다른 편에게 알록달록 복잡한 지도 위에서 어떤 단어, 예를 들면 도시·강·도·나라 등의 단어를 찾으라고 하는 거야. 게임을 많이 해보지 않은 초보자들은 대개 제일 작은 글씨로 적혀 있는 이름들을 문제로 내서 상대방을 혼동시키려고 하지. 그러나 이 게임에 익숙한 사람들은 큰 글씨로 지도 한쪽에서 다른 쪽까지 걸쳐 있는 그런 단어를 고르거든. 이런 것들은 마치 지나치게 큰 글씨로 쓰여 있는 표지판이나 플래카드처럼 너무나 뚜렷하기 때문에 오히려 시선을 끌지 않는 거야. 그리고 물리적 세계에서 일어나는 이러한 간과 현상은 정신적인 이해의 한계와 정확하게 상응한다네. 사람의 머리는, 너무도 두드러지고 너무도 눈에 띄게 자명한 것은 주목을 하지 않고 지나치는 법이거든. 그런데 이러한 점이 바로 경시청장의 이해력 너머에 있거나 그 밑에 있는 것 같네. 세상 사람 누구도 알아채지 못하게 하는 가장 좋은 방법으로 장관이 세상 사람들의 바로 코앞에 그 편지를 놓아둘 수도 있다는 생각을 그는 도저히 못 해냈으니까.

그러나 나는 D장관의 그 대담하고 기운차고 분별력 있는 재간을 염두에 두고, 그가 그 편지를 자신의 목적에 맞게 사용하려 할 때 **손에 닿을 수 있는 곳**에 있어야 한다는 것을 고려하였지. 게다가 경시청장이 준 결정적인 증거, 즉 그 편지가 이 고관이 늘 하던 종류의 수색 범위 안에 숨겨져 있지 않다는 사실을 생각하면 할수록 나는 점점 확신하게 되었네. 이 장관이 편지를 숨길 때 그 편지를 전혀 숨기지 않은 척하는 철저하면서도 현명한 방편을 사용했으리라고 말이야.

그런 생각들을 하면서 나는 어느 날씨 좋은 날 아침 초록색 안경을 준비하고는 아주 우연히 들른 것처럼 그 장관의 집을 방문했지. D는 여느 때처럼 하품하고 어슬렁거리고 빈둥거리면서 권태로워죽겠다는 시늉을 하고 있었네. 그는 아마도 살아 있는 인간 중에서 가장 정력적인 사람일 거야. 그러나 그건 아무도 그를 보고 있지 않을 때만이지.

그에게 맞장구를 치느라 나는 시력이 약해진 것을 불평하면서 안경을 써야만 하는 것을 한탄했지. 그러고는 집주인과의 대화에만 열중하는 척하면서 안경을 통해서 그 방 안 전체를 주의 깊게 샅샅이 살펴볼 수 있었단 말이야.

특히 그가 앉은 자리 가까이에 있는 큰 책상에 눈이 갔는데 그 위에는 잡동사니 편지와 서류 들이 악기 한두 개, 책 몇 권과 뒤섞여 지저분하게 놓여 있더군. 아주 오랫동안 찬찬히 들여다보았지만 여기서는 별달리 의심할 만한 것이 없더라고.

방을 둘러보다가 판지로 만든 허름한 세공 카드꽂이가 더러운 파란 리본으로 묶여서 벽난로 선반 바로 밑의 작은 놋쇠 손잡이에 걸려 있는 게 눈에 들어오더군. 이 카드꽂이는 세 칸으로 나뉘어 있는데 대여섯 장의 명함과 편지 한 통이 꽂혀 있었지. 그런데 이 편지란 것이 아주 더럽고 구겨졌더란 말이야. 가운데가 찢어져 거의 두 조각이 날 지경이었어. 마치 언뜻 보면 그것이 가치가 없어서 아주 찢어버리려고 하다가 다시 생각해보고는 그냥 놔둔 것처럼 말이야. 그 위에는 D라는 문양 글자가 **매우** 두드러진 큰 검은 봉인이 있고, 아주 작은 여자 글씨로 D장관을 수신인으로 써놓았어. 언뜻 보아서는 아주 무신경하게, 혹은 관심 없다는 듯 그 카드꽂이의 맨 위 칸에 쑤셔 박아놓은 것 같았네.

이 편지를 보자마자 나는 이것이 바로 내가 찾던 편지라는 결론을 내렸지. 물론 어느 모로 보나 이것은 경시청장이 우리에게 자세히 말해준 그 편지의 겉모양과는 완전히 달랐어. 이 편지는 봉인이 크고 검은색이면서 D의 이름 문양이 찍어 있었지. 경시청장이 찾는 편지는 작고 붉은 봉인에 S가문의 문장이 찍혀 있다고 했는데 말이야. 이건 여성적인 작은 글씨체로 장관이 수신자로 되어 있는데, 그건 황실의 어떤 인물을 수신자로 쓴 글씨가 두드러지게 대담하면서 단호하게 보인다고 했지. 즉 일치하는 거라고는 오로지 편지의 크기뿐이란 말이야. 그러나 이러한 지나치리만큼 **근본적인** 차이점, 즉 D장관의 꼼꼼한 습관과는 너무도 들어맞지 않는 그 먼지들, 더럽혀지고 찢어진 상태, 그것은 보는 이로 하여금 그 편지를 가치 없는 것으로 여기도록 속이려는 계획을 말해주는 것 같았네. 이 모든 사실이 방문객 모두의 눈에 완연히 드러나 지나치게 눈에 거슬리는 편지의 상태와 맞물려, 내가 이전에 내린 결론과 정확하게 일치하고 있는 것이지. 이것들은 의심할 의도를 가지고 온 사람에게는 그 의심을 강력하게 확인시켜주는 것이거든.

나는 되도록 방문 시간을 오래 끌었고, 그러는 동안 장관이 항상 흥미를 가지고 흥분하는 주제라고 여겨지는 것에 대해 아주 활기찬 대화를 나누었지. 그러면서 나는 그 편지를 자세히 관찰한 거야. 편지의 겉모양과 카드꽂이에 꽂혀 있는 모양을 머릿속에 넣었지. 그러다가 마침내 내가 품었던 사소한 의심들을 해소해주는 점을 발견하게 되었어. 그 편지의 가장자리를 살펴보면서 그것들이 필요 이상으로 **닳아 있는** 것을 알게 되었거든. 그건 마치 빳빳한 종이를 일단 한번 접어 누른 후에 그 접힌 자리를 반대 방향으로 다시 접었을 때처럼 그렇게 자국이 나 있더군. 이것으로 충분한 거지. 즉 그 편지는 마치 장갑처럼 안팎을 뒤집어 다시 주소를 쓰고 봉인한 게 확실하니까. 나는 장관에게 인사를 하고는 바로 떠나면서 일부러 탁자에 금담뱃갑을 놓아두었다네.

다음 날 아침 나는 담뱃갑을 핑계로 그 집을 다시 찾아가 전날 하던 이야기를 열심히 계속했지. 그러고 있는데 권총 소리인 듯한 큰 총성이 창문 바로 아래서 들렸고 곧이어 무서운 비명 소리와 두려움에 질린 군중들의 고함 소리가 들리더군. D장관은 창문으로 달려가 창문을 열고 밖을 내다보았어. 그러는 동안 나는 카드꽂이로 가서는 그 편지를 꺼내 주머니에 넣고 (그 겉모습에 관한 한) 가짜 편지로 바꿔치기 했지. 집에서 빵으로 만든 인장으로 D의 이름 문양을 모방해서 어렵지 않게 미리 그걸 만들어 갔었거든.

거리의 소동은 구식 소총을 가진 어떤 미친 사람이 벌인 것이었어. 그 녀석은 여자와 아이들 사이에서 그걸 발사한 것이지. 그러나 총알도 없는 총이었고 그 사람은 미친 사람

아니면 술주정꾼이라면서 그 자리에서 훈방되었지. 그가 가버리자 D는 창문에서 돌아왔고, 나도 염두에 두었던 물건을 확보하고는 제자리로 갔네. 곧 나는 그에게 인사를 하고서 집을 나왔지. 물론 그 미친 척하던 이는 내가 돈을 주고 산 사람이었지."

"그렇지만 도대체 왜 그 편지를 가짜 편지로 바꾸었나? 차라리 처음 갔을 때 공개적으로 그것을 가지고 나오는 편이 낫지 않았겠나?" 내가 물었다.

"D는 위험하고 배짱이 있는 사람이야. 그리고 그 집에는 그의 이익을 위해 헌신하는 하인들도 있지 않나. 만일 자네가 말한 대로 난폭한 시도를 했다면 어쩌면 장관의 집에서 살아 나오지 못했을지도 모르지. 파리의 선량한 사람들은 더 이상 내 소식을 못 듣게 되었을 수도 있는 거야. 그러나 이러한 생각들과는 별도로 나는 다른 목적을 염두에 두고 있었네. 자네도 나의 정치적 성향을 알 걸세. 정치 문제에 관한 한 나는 이번에 관련된 귀부인의 지지자가 아닌가. 지난 18개월 동안 장관은 그녀를 손아귀에 쥐고 있었네. 이제 그녀는 장관을 자기 손안에 넣게 된 셈이지. 왜냐하면 그 편지가 자신의 수중에 없다는 것을 모르는 채로 그는 부당한 요구를 계속할 테니까. 그러면서 그는 필연적으로 정치적 자살 행위를 할 수밖에 없는 것이지. 그리고 그의 파멸 역시 급작스러운 만큼이나 우스꽝스럽겠지. '지옥으로 내려가는 것은 쉽다'라고나 할까.* 그러나 카탈라니가 노래에 대해서 말했던 것처럼 어떤 종류의 등정에서든, 올라가는 것보다는 내려오는 편이 훨씬 더 어려운 법이네. 이번 경우에 나는 몰락해 내려가는 그 사람에 대한 동정이나 최소한의 연민조차도 없어. 그는 바로 '끔찍한 괴물,' 파렴치한 천재거든. 그러나 솔직히 말해서 경시청장이 말한 '어떤 특정한 인물'인 그 귀부인이 말을 듣지 않아서 장관이 내가 남긴 편지를 열어보았을 때 어떤 생각을 할지는 정말로 알고 싶기는 해."

"왜? 자네가 그 속에 뭐라도 넣었단 말인가?"

"응, 어쨌든 편지를 완전히 백지로 남겨두는 것은 옳은 일이 아닌 것같이 여겨졌네. 그건 너무 모욕적인 일이니까. 이전에 D는 빈에서 나에게 나쁜 짓을 한 적이 있었네. 그때 내가 웃으면서 말했었지. 기억하고 있겠다고. 그래서 누가 자신의 허를 찔렀을까 그가 궁금해할 때, 그에게 단서 하나도 남겨주지 않는 것은 너무한 일이라고 생각했네. 그는 내 글씨체를 아주 잘 알고 있거든. 그래서 그 백지 중간에 인용을 했지. '그토록 끔찍한 음모, 만일 아트레우스에게 어울리지 않는다면 티에스테스에게는 어울리리라'라고 말이야. 그건

* 로마 시인 베르길리우스의 서사시 『아이네이스』에 나오는 구절로, 아이네아스가 자신의 아버지를 만나기 위해 지옥으로 가게 해줄 것을 청하자 쿠마이의 여사제는 지옥으로 내려가는 것은 쉬우나 돌아오기는 어렵다고 경고한다.

크레비용의 『아트레우스』**에 나오는 말일세."

** 그리스 신화에서 아트레우스와 티에스테스는 원수지간이 된 형제로, 아트레우스는 티에스테스가 자신의 아내를 유혹한 것을 알게 되자 그에 대한 복수로 조카들을 죽인 다음 요리로 만들어 그들의 아버지 티에스테스에게 먹였다.

아몬티야도 술통

포르투나토가 나에게 가한 수많은 해코지들을 나는 애써 잘 참아냈다. 그러나 그가 감히 나를 모욕했을 때 나는 복수를 맹세했다. 당신들은 내 성격을 잘 알고 있으니 내가 그런 위협을 입 밖에 내었으리라고는 생각지 않겠지. **결국** 나는 복수를 할 것이다. 이것은 확고하게 결정된 사항이다. 그러나 복수를 하겠다고 확고히 결심했다면 위험까지 무릅쓰겠다는 생각 따윈 하지 않는 법이다. 나는 그에게 벌을 주어야 할 뿐만 아니라 그것 때문에 내가 처벌을 받지 않도록 요령껏 그를 처벌해야 한다. 잘못된 것을 바로잡는 사람이 벌을 받는다면 잘못이 바로잡힌 것이 아니니까. 마찬가지로, 잘못을 저지른 사람이 누가 복수하고 있는지를 뼈저리게 알도록 만들지 못한다면 그건 복수가 제대로 된 게 아니다.

또한 여기서 짚고 넘어가야 할 것은 포르투나토가 내 선의를 의심할 꼬투리가 될 말이나 행동을 내가 전혀 하지 않았다는 점이다. 나는 이제껏 해왔던 대로 그의 면전에서 미소를 띠었고, 그는 바로 그 미소가 자기를 파멸시킬 생각에서 나오고 있다는 것을 눈치채지 못했다.

포르투나토에게는 약점이 하나 있었다. 비록 다른 면으로는 존경받을 만한, 심지어는 경외심을 가질 만한 인간이었지만, 그는 술에 대한 자신의 감식력에 대해 자만심을 가지고 있었던 것이다. 이탈리아 사람치고 진정한 거장의 기개를 가진 이는 별로 없지. 그들 대부분은 영국과 오스트리아의 백만장자들에게 사기를 칠 시간과 기회를 엿보는 데 열정을 쏟고 있지 않는가. 그림과 보석에 관해서는 포르투나토 또한 그의 동포들처럼 엉터리였다. 그러나 오래 묵은 술에 대해서는 진지했다. 그리고 이 점에서 나도 그와 크게 다르지 않았다. 나 자신도 이탈리아산 포도주에 정통했거니와 기회가 있을 때마다 대량으로 사들이기도 했으니까.

내가 이 친구를 만난 것은 사육제의 광기가 극에 달할 무렵 어느 날, 어둑어둑해질 즈음이었다. 그가 나에게 아주 정겹게 말을 걸었는데, 아마 술에 거나하게 취해 있었기 때문이겠지. 그는 광대 옷차림을 하고 있었다. 딱 달라붙는 줄무늬 옷에, 머리에 쓴 고깔모자에는 방울이 달려 있었다. 나는 그를 보자 너무나 기뻤고, 그래서 그의 손을 굳게 잡아 흔들면서 그 손을 영원히 놓고 싶지 않을 지경이었다.

“아, 포르투나토! 정말 운 좋게 만났군. 오늘 정말 좋아 보이는데? 나는 아몬티야도라고 짐작되는 술 한 통을 받았는데 아무래도 의심스럽다네.” 나는 그에게 말했다.

"뭐라고?" 그가 말했다. "아몬티야도라고? 한 통씩이나! 그건 불가능해! 더군다나 축제 중인데!"

"나도 의심스럽다니까." 나는 대답했다. "더군다나 어리석게도 이 일에 관해 자네와 상의도 하지 않고 아몬티야도 값을 다 쳐주었다네. 자네를 찾을 수가 없었고 물건을 놓칠까 봐 겁이 났었거든."

"아몬티야도!"

"의심스럽다니까."

"아몬티야도라고!"

"그리고 그 의심을 풀어보아야만 하지 않겠나!"

"아몬티야도라니!"

"자네가 바쁜 것 같아서 루케시에게 가는 길일세. 감식력에 관한 한 바로 그 사람이지. 그가 나에게 말해줄 걸세."

"루케시는 아몬티야도하고 셰리주도 구별 못 한다네."

"그래도 어떤 바보들은 그의 미각이 자네만큼은 된다고 생각하는데."

"자, 가세."

"어디로?"

"자네 지하 저장소로."

"여보게, 아닐세. 나는 자네가 성격이 좋다고 그걸 이용하고 싶지는 않네. 자네는 할 일이 있는 것 같고. 루케시는……"

"할 일은 무슨, 가세나."

"아닐세. 자네 약속 때문이 아니라 자네가 심한 감기로 고생하고 있기에 그러는 것이네. 그 지하 저장소는 견딜 수 없을 만큼 습하거든. 질산이 꽉 차 있기도 하고."

"그래도 가세. 감기쯤이야 아무것도 아니네. 아몬티야도라고! 자네는 속았어. 그리고 루케시로 말하자면 아몬티야도와 셰리주도 구별 못 한다니까."

그렇게 말하면서 포르투나토는 내 팔을 붙잡았다. 검은 비단 가면을 쓰고 짧은 외투를 몸에 바짝 감고서 나는 그가 이끄는 대로 집으로 향했다.

집에는 하인들이 하나도 없었다. 축제를 즐기려고 모두 빠져나간 것이다. 나는 그들에게 아침까지는 돌아오지 않을 터이니 집 밖으로 나가지 말라고 분명하게 명령을 내렸다. 이런 명령을 하면 내가 뒤돌아서기가 무섭게 그들이 집에서 빠져나가리란 것을 너무도 잘 알고 있었기에.

나는 횃대에서 횃불 두 개를 집어 들어 하나를 포르투나토에게 주고는, 몇 개의 방들을 지나 아치형 복도를 따라 지하실로 그를 이끌어 갔다. 길게 구부러진 계단을 지나면서 그에게 조심해서 따라오라고 타이르기도 했다. 그렇게 우리는 드디어 맨 밑으로 내려와서 몬트레소르 가문 포도주 저장소의 음습한 바닥에 함께 서 있게 된 것이다.

내 친구의 발걸음은 비틀거렸고 걸을 때마다 모자의 방울이 짤랑댔다.

"술통은?"

"좀더 안쪽에 있네." 내가 말했다. "그렇지만 이 동굴 벽에서 번쩍이고 있는 저 흰 거미줄 좀 보게나."

그는 나에게로 돌아서서는 취기가 스며 나오는 흐릿한 두 눈으로 내 눈을 들여다보았다.

"질산인가?"

"질산이야." 나는 대답했다. "기침을 한 지 얼마나 되었나?"

"콜록! 콜록! 콜록!…… 콜록! 콜록! 콜록!…… 콜록! 콜록! 콜록!…… 콜록! 콜록! 콜록!"

이 불쌍한 친구는 한참을 대답조차 못 했다.

"대단치 않아." 그는 마침내 말했다.

"이리 오게." 나는 단호하게 말했다. "돌아가세, 자네의 건강은 소중하네. 자네는 부자고, 존경과 찬탄, 사랑을 받지. 자네는 내가 이전에 그랬던 것처럼 행복한 사람이야. 자네가 없으면 사람들이 아쉬워하지 않겠는가. 내 경우는 아무런 문제가 안 되지만. 자, 돌아가세. 자네가 병이 나게 생겼고 나는 그런 책임질 일을 하고 싶지 않네. 게다가 루케시도 있지……"

"됐네." 그가 말했다. "기침은 아무것도 아니야. 기침한다고 죽지는 않네. 기침으로 죽지는 않을 거야."

"맞아…… 맞아." 나는 대답했다. "더군다나 쓸데없이 자네에게 겁을 줄 생각은 없네. 그렇지만 최대한 조심은 해야지. 이 메도크주를 한잔 마시면 습기가 좀 견딜 만해질 거야."

그러면서 나는 땅에 일렬로 누워 있는 병들 중에서 하나를 꺼내어 뚜껑을 땄다.

"마시게." 나는 그에게 술을 건넸다.

그는 짓궂은 눈으로 그것을 입술에 갖다 댔다. 그러고는 잠시 멈추고 나를 향해서 친한 척 고개를 끄덕였는데, 그러자 방울이 짤랑댔다.

"우리 주위에서 휴식하고 있는 묻힌 자들에게 건배."

"자네의 장수를 위해 건배."

그는 다시 내 팔을 잡았고 우리는 계속해서 나아갔다.

"이 저장소는 정말 넓군."

"몬트레소르 가문은 크고도 번성한 가문이었지."

"자네 가문의 문장이 어떤 것이었지?"

"푸른 바탕에 거대한 황금빛 인간의 발이 그려져 있어. 그 발은 몸을 곧추세워 자기 뒤꿈치를 물고 있는 뱀을 짓밟고 있지."

"그리고 가문의 모토는?"

"**누구든 나를 해하는 자는 해를 받는다**."

"멋있군!" 그는 말했다.

취기가 그의 눈에서 반짝였고 방울은 짤랑댔다. 나 자신의 생각도 메도크주 덕에 달아올랐다. 우리는 조상의 뼈들이 쌓여 있고 크고 작은 술통들이 뒤섞여 있는 곳들을 지나 그 지하실의 가장 깊숙한 곳으로 들어갔다. 여기서 나는 다시 발길을 멈추었는데, 이때쯤에는 포르투나토의 팔을 잡을 정도로 대담해져 있었다.

"질산이야!" 나는 말했다. "봐, 점점 심해지는군. 이건 마치 지하실의 이끼처럼 달라붙어 없어지지 않는단 말이야. 우리는 강바닥 밑에 있네. 그 습기가 물방울로 맺혀서 뼈들 위로 떨어지고 있군. 자, 너무 늦기 전에 돌아가세. 자네의 기침은……"

"그건 아무것도 아니야." 그는 말했다. "자아, 계속 가세. 그런데 먼저 메도크주를 한 잔 더 주겠나?"

나는 드 그라브 한 병을 따서는 그에게 건넸다. 그는 단숨에 그걸 들이켰다. 눈이 격렬한 빛을 띠며 빛나고 있었다. 그는 웃으며 이해하지 못할 몸짓으로 그 병을 위로 던져 올렸다.

나는 놀라서 그를 바라보았다. 그는 그 동작을 반복했는데, 정말 괴이한 동작이었다.

"뭔지 모르겠나?" 그가 물었다.

"모르겠네." 내가 대답했다.

"그러면 동지가 아니군."

"무슨?"

"자네는 프리메이슨* 비밀 회원이 아니란 말일세."

"아냐, 맞아." 내가 말했다. "맞다니까."

"자네가? 그럴 리가! 프리메이슨이라고?"

"그래, 프리메이슨." 내가 대답했다.

"그럼 암호는?" 그가 말했다.

"이거지." 나는 외투 자락에서 흙손삽을 꺼내 보이면서 대답했다.

"자네 농담하는군!" 그가 소리쳤다, 몇 걸음 물러나면서. "그렇지만 아몬티야도 있는 곳으로 가세."

"그러세." 나는 다시 그 연장을 외투 속에 넣고 그에게 팔을 내밀면서 말했다. 그는 내 팔에 푹 기대어왔다. 아몬티야도를 찾아가는 우리의 걸음은 계속되었다. 낮은 아치를 지나 좀더 내려가고, 또 더 나아가고 다시 내려가서 깊은 토굴에 이르렀는데, 그곳은 공기가 나빠 우리가 들고 있는 횃불은 타는 게 아니라 겨우 빛을 내는 정도로 잦아들었다.

그 토굴의 가장 깊은 곳에 이르니 좀더 좁은 또 다른 토굴이 나타났다. 이 내실 토굴의 벽은 파리의 거대한 지하 무덤을 모방해서 머리 위 천장까지 인간의 유골들을 쌓아놓았는

* 중세 시대 때 석공 조합에서 유래한 것으로 보이며, 18세기 이후 여러 국가에서 다양한 형태로 변화하면서 정치적 운동을 이어나갔다. 비밀 조직처럼 운영되기 때문에 회원들끼리 서로를 알아보기 위한 다양한 방법과 암호들이 사용되었는데, 흙손삽도 그중 하나였다. 석공들이 벽돌끼리 붙이기 위한 석회를 바르는 도구인 흙손삽은 형제애를 상징한다.

데, 세 면의 벽은 여전히 그대로 장식되어 있었다. 그렇지만 네번째 벽의 경우는 뼈들이 흩어져 내려 땅 위에서 뒤범벅되면서 상당한 크기의 무더기를 이루고 있었다. 그렇게 뼈들이 무너져 내려서 드러난 벽 속에 또 다른 내실이 보였는데 깊이는 1.2미터, 폭은 90센티, 높이는 2미터가량 되었다. 그것 자체로는 특별한 용도 없이 지하 무덤의 지붕을 떠받치는 거대한 기둥 사이에 간격을 두는 정도의 목적으로 만들어진 것 같았으며 단단한 화강암 벽으로 둘러싸여 있었다.

포르투나토가 희미한 횃불을 들고 그 깊은 곳을 들여다보려고 했으나 헛일이었다. 흐린 불빛으로는 그 끝을 볼 수 없었던 것이다.

"가세." 내가 말했다. "이 안에 아몬티야도가 있네. 루케시로 말하자면……"

"그는 아는 척하는 바보야." 위태위태하게 앞으로 나아가며 이 친구가 끼어들었다. 나는 그 뒤를 바짝 따라가고 있었다.

곧 그는 막다른 구석에 부딪혔고 바위 때문에 더 이상 앞으로 갈 수 없음을 알고는 당황하여 바보처럼 서 있었다. 그리고 그다음 순간 나는 그 화강암에 그를 잡아 묶었다. 그 표면에는 쇠로 된 꺾쇠 두 개가 수평으로 각각 60센티쯤 떨어져서 박혀 있었던 것이다. 이 중 하나에는 짧은 사슬이, 그리고 다른 한편에는 자물쇠가 달려 있었다. 사슬의 고리를 그의 허리에 감고, 그걸 꼭 붙들어 매는 데는 몇 초밖에 걸리지 않았다. 그는 너무 놀라서 저항조차 못 했다. 열쇠를 빼면서 나는 그 구석에서 물러났다.

"자네 손을 벽에 대보게나. 질산이 느껴지지 않나? 정말 여기는 **너무** 음습해. 한 번만 더 돌아가자고 **애원하겠네**. 싫다고? 그렇다면 나는 자네를 여기 남겨놓을 수밖에. 그러나 그 전에 내 힘이 닿는 데까지 자네를 좀 보살펴주어야겠지."

"아몬티야도!" 내 친구는 놀라움에서 아직 벗어나지 못한 채로 소리쳤다.

"맞아." 나는 대답했다. "아몬티야도."

이런 말을 하면서 나는 아까 말했던 뼈들 사이를 바쁘게 움직였다. 그것들을 옆으로 밀치고 꽤 많은 벽돌과 석회를 꺼냈다. 이 재료들과 내 흙손삽을 가지고, 나는 열심히 그 구석진 방의 입구를 막기 시작했다.

벽돌 한 층을 채 쌓기 전에 나는 포르투나토의 취기가 상당히 가신 것을 알아차렸다. 이러한 변화를 가장 먼저 알려준 것은 그 깊은 구석으로부터 흘러나오는 나지막하게 신음하는 듯한 울음소리였다. 그것은 술 취한 이의 울음소리가 아니었다. 그러고는 길고도 고집스러운 침묵이 있었다. 나는 두번째 층, 세번째, 그리고 네번째 층을 쌓아 올라갔다. 그러자 사슬이 격렬하게 흔들리는 소리가 들렸다. 그 소리는 몇 분 동안 지속되었고, 그동안에 나는 만족감 속에서 그 소리를 들으며 하던 일을 멈추고 뼈 무더기 위에 앉아 있었다. 그리고 마침내 그 철커덕 소리가 잦아들었을 때 다시 흙손삽을 잡고서는 쉬지 않고 다섯, 여섯, 일곱번째 층까지 쌓는 것을 끝냈다. 벽은 이제 거의 내 가슴까지 올라왔다. 나는 다시 멈추고 그 벽돌 위로 횃불을 들이대어 희미한 빛을 안에 있는 사람에게 비춰보았다.

사슬에 묶인 사람의 목구멍으로부터 갑작스럽게 터져 나오는 크고 날카로운 비명이 계속해서 들려와 나를 격렬하게 밀어내는 것처럼 느껴졌다. 짧은 순간 나는 망설였다 — 전율이 일었다. 칼을 칼집에서 빼내 들고 그 구석진 곳을 더듬어보았다. 그러나 다시 한번 생각해보니 안심이 되었다. 지하실의 굳은 벽에 손을 얹어보니 만족스러웠다. 다시 벽으로 다가갔다. 그리고 소리를 지르는 이에게 대답을 해주었다. 그를 따라 소리를 질렀다 — 그가 소리 지르는 것에 힘을 보태주었다. 소리의 크기와 힘에서 나는 그를 능가했다. 내가 이렇게 하니까 소리를 지르던 이는 잠잠해졌다.

이윽고 한밤중이 되자 내 일은 거의 끝나갔다. 나는 벽돌을 여덟번째, 아홉번째, 열번째 층까지 쌓았다. 그리고 마지막 열한번째 층을 거의 끝내 이제는 벽돌 하나만 얹고 석회를 바르면 되었다. 벽돌이 무거워 애를 먹으면서 그게 들어갈 자리에 조금 걸쳐놓았다. 그런데 그 구석진 곳으로부터 머리카락을 곤두서게 하는 낮은 웃음소리가 들려왔다. 그러고는 슬픈 목소리가 들려왔는데, 그 목소리는 내가 아는 그 고귀한 포르투나토의 목소리로는 들리지 않았다. 그 목소리는 말했다.

"하! 하! 하!…… 히! 히!…… 정말 멋진 장난이야…… 훌륭한 장난. 우리는 이것 때문에 정말 많이 웃게 되겠지. 히! 히! 히!"

"아몬티야도!" 내가 말했다.

"히! 히! 히!…… 히! 히! 히!…… 그래 아몬티야도. 그런데 좀 늦지 않았나. 사람들이 회합장에서 우리를 기다리지 않을까. 내 아내와 다른 사람들이 말이야. 이제 가세."

"그래." 내가 말했다. "이제 가세."

"**하나님의 사랑으로, 제발 몬트레소르**!"

"그래." 내가 대답했다. "하나님의 사랑으로."

그러나 이 말에 대한 대답을 기다려보았지만 헛일이었다. 나는 초조해졌다. 나는 크게 외쳤다.

"포르투나토!"

대답이 없었다. 다시 불러보았다.

"포르투나토!"

여전히 대답이 없었다. 나는 그 남은 구멍으로 횃불을 집어넣어서 그 안으로 떨어뜨렸다. 그러나 그에 대한 대답은 짤랑거리는 방울 소리뿐이었다. 가슴이 아파왔다 — 그 지하실의 습기 때문에. 나는 서둘러서 할 일을 끝마쳤다. 마지막 돌을 그 자리에 밀어 넣고는 석회로 발라버렸다. 그리고 이렇게 해서 새로 생겨난 벽돌 벽에 다시 이전처럼 뼈를 쌓아놓았다. 지난 반세기 동안 어떤 인간도 그 뼈들을 건드리지 않았다. **그가 영원히 평안하게 잠들기를**!

어셔가의 몰락

그의 마음은 줄이 팽팽히 당겨진 기타와 같아서
건드릴 때마다 소리가 울려 퍼지네.
—드 베랑제

잔뜩 찌푸리고 어두컴컴하고 고적한 어느 가을날, 하늘에는 구름이 짓누르듯이 낮게 드리워져 있는데, 나는 하루 종일 혼자서 말을 타고 이상스러우리만치 황량한 시골길을 지나 저녁 어두움이 깔릴 무렵에야 음침한 어셔가의 저택 앞에 드디어 도착하게 되었다. 어찌 된 영문인지는 모르겠지만, 그 건물을 처음 보자마자 단박에 어떤 견딜 수 없는 우울함이 내 머릿속으로 스며들었다. 그 우울함에 대해서는 견딜 수 없다는 말 이외에 달리 표현할 도리가 없다. 왜냐하면 자연에서 찾아볼 수 있는 어떤 이미지가 아무리 황량하거나 끔찍하다 하더라도 인간의 마음은 거기서 어떤 시적인 요소를 찾아내어 즐거움을 느낄 수 있는 데 반해, 그 건물을 보면서 느껴지는 우울함은 그런 종류의 감정으로 전혀 누그러지지 않았기 때문이다. 내 앞에 펼쳐진 광경—그 외딴 저택과 영지의 단조로운 풍경, 황량한 벽, 맥 빠진 눈과 같은 창문들, 무성한 늪지 풀들, 그리고 희멀건 줄기를 드러낸 썩은 나무들—을 볼 때 내가 느낀 지독한 영혼의 우울함을 어디에 비유할 수 있을까. 그것은 아마도 술주정꾼이 아편의 기운에서 깨어날 때 느끼는 참담한 기분—일상적인 삶으로의 뼈아픈 추락—베일이 흉측하게 벗겨지는 듯한 느낌에나 비할 수 있을 것이다. 마음은 서늘해지고 철렁 내려앉으며 병들어버리는 것 같았고, 생각은 너무나 황량하여 아무리 상상력으로 자극하고 비틀어보아도 결코 숭고한 어떤 것으로 바꿀 도리가 없었다. 어셔가의 저택을 찬찬히 바라보면, 왜 이토록 불안한 것일까?—나는 멈춰서 생각해보았다. 그것은 풀 수 없는 수수께끼였고, 그리고 그것을 생각할 때 떠오르는 희미한 상상들을 파악할 수도 없었다. 어쩔 수 없이 나는 만족스럽지 못한 결론에 의존할 수밖에 없었다. 즉, 아주 단순한 자연 사물들이 함께 어우러져 이런 식으로 우리에게 영향력을 끼칠 경우도 분명히 있지만, 그런 힘을 분석하는 것에까지는 인간의 역량이 미치지 못한다는 결론이었다. 어떤 특정한 경치를 구성하고 있는 요소들을, 혹은 어떤 그림의 구성 요소들을 단지 배열만 달리해도, 슬픈 인상을 주는 힘을 완화시키거나 심지어는 아예 없애버리는 것이 가능한 법이다. 이러한 생각에서, 나는 말고삐를 잡아 쥐고 그 저택 옆에 생명력 없이 번뜩이면서 고여 있는 검고 무시무시한 늪의 가파른 가장자리로 말을 몰았다. 그러고는 그 늪에 비친 — 원래의 모습보다도 훨씬 더 으스스한 — 잿빛 늪지 풀들, 유령 같은 나뭇등걸, 그리고 맥 빠진 눈과 같은 창문들이 괴상하게 변형된 이미지들을 내려다보았다.

그럼에도 불구하고, 이토록 우울한 저택에서 나는 몇 주간을 머물 셈이었다. 그 저택의 주인인 로더릭 어셔는 내 어린 시절의 친한 친구였는데, 마지막으로 만난 이후 많은 세월이 흐른 터였다. 하지만 아주 먼 곳에 있는 나에게 편지 한 통이 도착했고, 그것은 그가 보낸 편지였으며, 그 편지는 거의 강요에 가까울 정도로 내가 직접 와주기를 청하고 있었다. 그 필체에서는 어떤 신경증적인 흥분을 엿볼 수 있었다. 편지의 주인은 혹심한 육체의 질병과 그를 억누르는 정신적인 질병에 대하여 쓰고 있었다. 그러고는 자신의 가장 친한, 그리고 유일한 친구인 나와 함께 지내며 보다 유쾌한 생활을 하여 자신의 질병을 조금이라도 누그러뜨리기 위해 나를 만나고 싶다는 간곡한 부탁을 한 것이다. 이러한 이야기들, 그리고 다른 여러 이야기들을 쓰고 있는 편지의 말투 — 그의 요청은 진심에서 우러나온 것이었다 — 때문에 나는 주저할 수가 없었다. 그래서 곧바로 이 아주 이상스러운 소환과도 같은 초대에 응했던 것이다.

비록 우리가 어린 시절에는 아주 친밀한 사이였지만 정말로 나는 내 친구에 대해서 아는 바가 거의 없었다. 그는 항상 좀 지나치다 싶을 만큼 기질적으로 과묵했다. 그러나 매우 유서 깊은 그의 가문은 아주 오랜 옛날부터 특이한 예술가적 기질로 이름이 나 있었고 그런 기질은 오랜 세월에 걸쳐서 많은 우수한 예술 작품으로 발휘되었으며, 최근에는 정통적이고 친숙한 예술 분야보다는 난해한 음악 이론에 대한 열정적인 헌신과, 관대하지만 드러내지 않는 지속적인 자선 행위들로 표출되고 있었다. 나는 또한 매우 특이한 사실도 알게 되었는데, 그건 바로 어셔 가문이 매우 유서 깊은 가계를 이어왔지만 그 어떤 시기에도 지속적인 방계를 형성하지 못했다는 것이었다. 다시 말하면 그 가문은 직계만이 있었으며 아주 사소하고 일시적인 예외들을 제외하면 늘 그래왔다는 것이다. 그 가문의 저택 모습과 세상에 알려진 그 가문 사람들의 성격이 완벽하게 일치한다는 것을 생각하니 어쩌면 오랜 세월을 지나는 동안 이 두 가지가 서로서로 영향을 미쳤을 가능성도 떠올랐다. 그렇다면 방계가 없어 아버지에서 아들로 유산인 저택과 가문의 이름이 함께 상속되면서 결국 그 둘이 같은 것으로 여겨지게 되어 영지의 원래 이름이 이상하고도 모호한 '어셔가'라는 명칭으로 변하게 된 것일 수도 있지 않을까. 그렇게 그 명칭은 그걸 부르는 농부들의 생각 속에서 그 가문과 가문의 저택 두 가지 모두를 지칭하게 된 것이 아닐까.

내가 다소 유치하게 그 늪을 들여다보는 실험을 해보았지만 그 결과로 처음 가졌던 기이한 인상이 더 강해졌을 뿐이었다고 이미 앞에서 밝힌 바 있다. 미신—그렇게 부르지 않을 까닭이 있겠는가—과도 같은 그 느낌이 점점 더 강해진다는 의식 자체가 그 느낌을 더욱더 급속하게 강화시켰다. 내가 이미 오래전부터 알고 있었던 바대로, 그것이 바로 공포를 기조로 하는 모든 감정이 가지고 있는 역설적인 법칙인 것이다. 내가 수면에 비친 이미지로부터 눈을 들어 저택을 보았을 때 이상한 생각이 든 것도 바로 이 이유 때문이었을 수 있다. 그 생각은 너무도 우스꽝스러운 것이라서 나를 억누르던 그 생생한 감정의 힘을 설명하기 위해서가 아니라면 말도 꺼내지 않을 것이다. 내 상상력이 마구 작동을 하면서 진실이라고 믿게 된 것이 있었다. 즉, 저택과 영지 주위에는 특별한 어떤 공기가 떠돌고 있다고 믿게 된 것이다. 천상의 기운과는 전혀 다른, 썩은 나무들과 잿빛 벽, 그리고 고인 늪으로부터 스며 나오는—유해하고 비밀스럽고, 탁하고 굼뜨고 아주 희미하게만 구별할 수 있는 납빛을 띤 공기가.

꿈이랄 수밖에 없는 이런 생각들을 떨쳐내면서, 나는 건물의 실제 모습을 자세히 관찰하기 시작했다. 그 건물의 가장 주요한 특징은 무척 오래되어 보인다는 것이었다. 세월에 따른 변색이 상당했다. 미세한 곰팡이들이 건물 외벽 전체에 퍼져 있었고 가는 거미줄처럼 처마에 걸려 있었다. 그렇지만 이 모든 것들은 건물에서 진행되고 있는 어떤 특이한 황폐화의 과정과는 별개의 문제들이었다. 이 저택은 조그만 부분 하나도 부서지지 않은 상태였다. 부분 부분들은 여전히 완벽하게 붙어 있는데도 그 하나하나의 돌들은 부서지기 직전이라는 사실이 전혀 들어맞지 않아 보였다. 이것들을 보면 외부의 공기가 닿지 않는 인적 없는 지하실에 있는 오래된 나무 조각이 허울은 멀쩡해 보이면서도 실제로는 썩어 있는 그런 현상들이 생각났다. 그러나 이러한 전면적인 쇠락의 징후를 제외한다면 그 건물의 짜임새에서는 어떤 불안정성의 표징도 보이지 않았다. 거의 알아볼 수 없는 균열이 건물 전면의 지붕으로부터 지그재그형으로 벽을 타고 내려와 음침한 늪의 물속으로 사라지고 있다는 사실은 아주 자세히 들여다보아야만 알아차릴 수 있을 뿐이었다.

이러한 것들을 자세히 보면서 나는 집으로 들어가는 짧은 방죽 길로 말을 달렸다. 기다리고 있던 하인이 말을 잡아주었고 나는 고딕 스타일의 아치로 된 복도로 들어갔다. 시종 한 명이 말없이 살금살금 걸으며 어둡고 복잡한 긴 복도를 지나 주인의 아틀리에로 나를 안내했다. 그 도중에 내가 마주친 많은 것들은 앞에서 말했던 그런 모호한 감정을 더 고조시키는 작용을 했다. 내 주위의 사물들은—천장의 조각이나 벽의 음침한 태피스트리, 칠흑 같은 마룻바닥, 전리품으로 가져다 놓은 유령 같은 갑옷들은 내가 지나갈 때 덜커덕거렸다—내가 어렸을 적부터 익숙하던 것이었다. 그러나 이 모든 것들이 너무도 익숙한 것들이라는 사실을 인정해야만 하는데도 불구하고, 이러한 평범한 것들이 어쩌면 이다지도 낯선 생각들을 불러일으키는지는 여전히 놀라웠다. 한 계단에서 나는 그 집의 가정의를 만났다. 내가 생각하기에 그의 얼굴에는 저질스러운 교활함과 당황함이 섞여 있었던 것 같다. 그는 두려워하듯 나에게 인사를 하고는 지나갔다. 시종은 문을 열어 나를 주인이 있는 곳으로 안내했다.

내가 들어선 방은 매우 크고 높았다. 창문들은 길고 좁고 뾰족한 데다 검은 참나무로 된 마루로부터 너무도 높이 자리 잡고 있어 집 내부에서 창문까지 손이 닿는 것은 전적으로 불가능했다. 격자무늬 유리창을 통해서 희미한 붉은빛이 들어올 뿐이니 가까이 있는 눈에 잘 띄는 물체들이나 겨우 식별할 수 있을 정도였다. 더 구석진 곳이나 격자무늬가 그려진 둥근 천장의 구석은 어두워서 아무리 보려고 해도 보이지가 않았다. 벽에는 어두운색 휘장이 걸려 있었다. 가구들은 대체로 지나치게 크고 불편하며 오래되고 낡은 것들이었다. 많은 책들과 악기들이 주위에 흩어져 있었지만 그러한 방 안의 모습에 어떤 활력도 주지 못했다. 나는 마치 슬픔의 공기를 들이마시고 있는 것 같았다. 근엄하고, 깊은, 달랠 수 없는 우울함이 모든 것에 스며들어 있었다.

내가 들어서자 어셔는 소파에 길게 누워 있다 일어나 활기차면서도 따뜻하게 나를 반겼는데, 처음에는 세상에 권태를 느낀 사람이 무리하게 취해본 어색한 행동이라는 생각이 들었다. 그러나 표정을 보니 그가 정말 진심으로 나를 반기고 있다는 것을 확신할 수 있었다. 우리는 자리에 앉았다. 그리고 잠시 동안 그가 아무런 말도 하지 않고 있는 사이, 나는 반쯤은 가엾다는 생각과 반쯤은 두려운 마음으로 그를 응시하고 있었다. 과연 누가 로더릭 어셔만큼 그토록 짧은 기간에 그토록 끔찍하게 변할 수 있으랴. 지금 내 앞에 있는 파리한 사람이 어린 시절 내 친구였다는 사실을 받아들이기가 무척 어려웠다. 그의 생김새는 늘 특징이 뚜렷했었다. 죽은 사람처럼 하얀 얼굴. 크고, 윤기 어린, 그리고 비할 데 없이 빛나는 눈. 다소 얇으면서 매우 창백하지만 너무도 아름다운 곡선을 가진 입술. 히브리 사람들의 코처럼 섬세한 윤곽을 가졌지만 콧구멍이 유달리 넓은 코. 멋지게 빚어졌지만 다소 들어가 있어 도덕적인 에너지가 부족하게 보이는 턱. 거미줄처럼 가늘고 약한 머리카락…… 이러한 특징들은 관자놀이 윗부분이 유달리 넓은 얼굴과 더불어 쉽사리 잊히지 않는 모습을 빚어내고 있었던 것이다. 그리고 이제는 그 생김새의 특징들과 거기에서 나오는 인상이 더욱 강해져 있어서 과연 내가 누구와 말하고 있는지가 의심스러울 정도였다. 무엇보다도 유령처럼 창백해진 피부, 그리고 거의 믿을 수 없는 눈의 광채 때문에 나는 놀라고 두렵기까지 했다. 또한 그 비단결 같던 머리카락도 아무렇게나 자라나서 이제는 얼굴을 덮고 있다기보다는 거미줄같이 가볍게 얼굴 위에 떠 있는 것 같았다. 그래서 아무리 애를 써도 그 기이한 인상을 인간의 어떤 단순한 특징과 연관 지을 도리가 없었다.

내 친구의 태도에서 나는 일관성이 없이 앞뒤가 맞지 않는 듯한 어떤 느낌을 받았다. 그리고 이것이 극도의 신경증적인 동요 같은 습관적인 불안을 눌러보려는 그의 미약하고 헛된 노력에서 비롯된 것임을 바로 알 수 있었다. 이러한 상황을 나는 이미 예견하고 있었는데, 그것은 그의 편지뿐만 아니라 그의 소년 시절의 특징에 대한 기억, 그리고 결론적으로는 그 특유의 전체적 관상과 기질을 염두에 두고 있었기 때문이다. 그는 쾌활하다가 울적하다가를 반복했다. 그의 목소리는 (생기가 완전히 마비되어 있을 때 나오는) 망설이는 듯 떨리는 목소리에서부터 열정적인 간결함을 드러내는 목소리 — 급작스러우면서도 무게 있고 느릿느릿하며 공허하게 울려 퍼지는 발음 — 완전히 정신 나간 술주정꾼이나 흥분이 절정에 달한 아편 중독자에게서나 볼 수 있는 것처럼 탁하고 스스로 균형을 잡으며 완벽하게 조절하는 후두음에 이르기까지 변화무쌍했다.

그런 모습과 목소리로 그는 왜 나를 불렀는지, 나를 얼마나 만나보고 싶었는지, 그리고 나에게서 어떤 위안을 바라고 있는지 등에 관해 이야기했다. 또한 그가 생각하고 있는 자신의 병에 관해서도 상당히 길게 언급했다. 자기 병은 체질적이고 유전적인 것이라서 무슨 수를 써도 치료법을 찾을 수는 없지만, 단순한 신경의 병이기에 틀림없이 곧 괜찮아질 것이라고 덧붙이면서. 그 병의 증상은 여러 가지 비정상적인 감각들을 가지게 되는 것이라고 했다. 그 증상들에 관해 자세한 이야기를 듣는 동안 나는 그중 몇 가지에 대하여 흥미를 가지는 동시에 어리둥절해질 수밖에 없었다. 물론 그가 사용하는 용어들이나 말투에 상당히 영향을 받았겠지만 말이다. 그는 감각들이 병적으로 날카로워져서 고통을 겪고 있었다. 그래서 거의 맛을 내지 않은 음식 말고는 입도 대지 못하며 특정한 옷감으로 만든 옷만 입을 수 있었고, 어떤 꽃향기에도 숨이 막힐 듯하며 아주 희미한 빛조차 눈이 부셔서 괴로울 정도인 데다가, 현악기로부터 나오는 특정한 소리 이외에는 모든 소리가 그에게 공포를 불러일으킨다는 것이었다.

그는 이상한 공포에 완전히 결박당해 있는 노예 같았다. "나는 죽을 걸세. 이 한탄스러운 어리석음 때문에 파멸할 수밖에 없어. 다른 것도 아닌 바로 이것 때문에 나는 죽고 말 거야. 이제 앞으로 닥칠 일들이 두려워. 그것들 자체가 아니라 그에 따르는 결과들이 두렵다고. 이 견딜 수 없는 영혼의 흥분 상태에 어떤 사소한 자극이라도 닥치면 어찌 될까를 생각하니 몸서리가 쳐지네. 위험에 절대적으로 따라올 수밖에 없는 결과, 즉 공포만 없다면 나는 진실로 어떤 위험도 마다하지 않아. 그런데 이런 한심한 상황에서 안절부절못하면서 나는 느낀다네. 그 소름 끼치는 유령과도 같은 **두려움**과의 싸움에서 내가 생명과 이성을 함께 포기하는 순간이 곧 오고야 말리라는 것을."

게다가 나는 그 사이사이에, 그리고 간간이 드러나는 모호한 단서들로부터 그의 사고방식의 또 다른 기이한 면모를 알게 되었다. 그는 자기가 살고 있는 집에 대한 어떤 미신적인 생각에 빠져 있고, 그 결과로 몇 년간 집 밖으로 나가본 적이 없다는 것이었다. 그는 그 저택이 어떤 영향력을 지니고 있다고 믿고 있었는데, 그것이 어떤 것인가를 여기서 다시 말하기에는 너무도 모호했다. 그래도 대략 말해보자면, 그의 가문이 대대로 살아온 저택의 형태와 실체들에 불과한 것이 오랜 세월이 지나면서 그의 정신에 영향력을 미치게 되었으며, 잿빛 벽과 작은 첨탑들 그리고 이 모든 것이 내려다보고 있는 늪이라는 물질적 세계가 자기 존재의 기운에 영향력을 행사하고 있다고 그는 믿고 있었다.

한편 그는 자신을 괴롭히고 있는 그 기이한 우울함에는 보다 자연적이고 보다 확실한 원인이 있을 수도 있다고 주저하면서 인정하기도 했다. 즉 자신이 우울한 것은 사랑하는 누이, 오랜 세월의 유일한 동반자이자 지상에 남은 마지막 혈연인 누이가 겪고 있는 극심하고도 가혹한 오랜 질병과 피할 수 없이 다가오고 있는 죽음 때문일 수 있다는 것이다. 그녀가 죽고 나면 자신이(가망이 없고 병약한 그가) 유서 깊은 어셔 가문의 마지막 사람이 될 것이라고 그는 잊을 수 없을 만큼 비통하게 말했다. 그가 그런 말을 하고 있는데, 매들라인 아가씨(그녀는 그렇게 불렸다)가 저쪽 구석을 지나서 내 쪽은 쳐다보지도 않고 사라져버렸다. 나는 너무도 놀라고 두려움까지 느끼면서 그녀를 바라보았는데, 그 느낌을 설명하기는 불가능했다. 사라져가는 그녀의 발걸음을 쳐다보고 있으려니 온몸이 마비되는 듯한 느낌이 나를 짓눌렀다. 그리고 마침내 그녀 뒤로 문이 닫히자 나는 본능적으로 그리고 열심히 그 오빠의 안색을 살폈는데, 그는 손으로 얼굴을 감싸고 있었다. 그러니 여윈 손가락 사이로 주체 못 할 눈물이 흘러나오고 있는 그에게는 일상적인 병약함 이상의 심각한 문제가 있겠거니 하고 감지할 수 있을 뿐이었다.

매들라인 아가씨의 병 때문에 오랜 세월 동안 그녀를 치료해보려고 했던 의사들은 당혹스러워하고 있다고 했다. 고질적인 무감각, 점차적으로 쇠약해지는 육체, 그리고 부분적인 강직증이 비록 일시적이긴 하지만 종종 일어나는 것 등이 희귀한 증상이었다. 이제까지 그녀는 굳건하게 이러한 병세를 버텨내며 자리에 눕지는 않았었는데, 내가 그 집에 도착한 날 저녁이 지날 무렵 결국은 그녀를 파괴하려는 병마에 굴복해버리고 만 것이었다(그것은 그날 밤 그녀의 오빠가 형언할 수 없이 흥분한 상태로 나에게 말해주었다). 결국 그

전에 내가 그녀를 잠시 보았던 것이 그녀를 마지막으로 본 셈이었다. 나는 그 여자를, 적어도 살아 있는 동안에는 그 이후로 보지 못했으니까.

그리고 며칠 내내 나나 어셔나 그녀의 이름은 입 밖에 꺼내지도 않았고, 그동안 나는 내 친구의 우울증을 조금이라도 덜어보려고 무척이나 애를 쓰고 있었다. 우리는 함께 그림을 그리거나 책을 읽었으며, 그러지 않을 때는 그가 말하는 듯한 기타를 야성적으로 즉흥 연주하면 나는 꿈속에서처럼 그것에 귀를 기울이곤 했다. 그러는 와중에 그와 점점 더 친숙해지면서 나는 그의 정신의 깊은 구석까지 좀더 거리낌없이 들여다보게 되었고, 그럴수록 그의 마음을 조금이라도 밝게 해보려는 나의 노력이 얼마나 헛된 것인가를 점점 더 뼈저리게 느끼게 되었다. 왜냐하면 그의 마음으로부터 마치 그 고유의 순전한 특성이기라도 한 듯한 어두움이 계속 뿜어져 나와 정신적이고 육체적인 세계를 온통 뒤덮고 있었기 때문이다.

어셔가의 주인과 단둘이 보낸 많은 진지했던 순간들을 내가 살아 있는 동안에는 결코 잊지 못할 것이다. 그러나 그와 함께했던, 혹은 그가 나를 인도했던 그 연구들과 여러 작업들이 정확하게 어떤 성격의 것이었는가를 말로 표현하기는 어렵다. 흥분되고 극도로 병적인 상상력이 그 모든 것에 유황불 같은 빛을 던졌다. 그의 긴 즉흥 장송가는 영원히 내 귓

전을 울릴 것이다. 무엇보다도 폰 베버의 마지막 왈츠의 야성적인 곡조를 기괴하게 왜곡시키고 확대시킨 그 선율을 나는 마음의 상처처럼 기억하고 있다. 그의 그 정교한 상상력이 펼쳐지는 그림들에 대해서, 한 획 한 획을 더할수록 점점 더 모호해지고, 내가 왜 두려움을 느끼는지를 알 수 없었기에 점점 더 두려움에 전율하게 되는 이 그림들에 대해서(그림의 이미지들은 지금도 내 앞에 선연하다) 나는 언어의 영역 내에서 말로써 설명될 수 있는 얼마 되지 않는 부분 이상을 설명해보려고 노력했으나 헛일이었다. 아주 단순하게 그의 의도를 완전히 노출시킴으로써 어셔는 시선을 사로잡았고 두려움을 불러일으켰다. 만일 어떤 개념을 그림으로 그려낼 수 있는 사람이 있다면 그 사람은 바로 로더릭 어셔라고 할 수 있을 것이다. 최소한 나에게는, 그리고 그 당시 내가 처한 상황에서는, 이 우울증 환자가 캔버스에 그려 넣은 완전한 추상들로부터 견디기 어려우리만치 강렬한 공포가 발산되고 있는 것처럼 느껴졌다. 분명 강렬하기는 하지만 너무 구체화된 푸젤리의 환상적 그림 같은 것은 그 그림자에도 못 미치리만치 강렬한 공포가.

내 친구가 품은 환상 중의 한 가지는 그런 추상적 기풍이 아주 심하지는 않기에 비록 미약하기는 하지만 언어로써 표현해볼 수 있을 것 같다. 그의 그림 한 점에는 아무런 변화나 장식도 없는 부드러운 질감의 하얗고 나지막한 벽들로 둘러

싸인 아주 크고 네모진 지하실 혹은 굴 같은 것이 그려져 있었다. 작가의 의도를 강조하는 부수적인 묘사들 덕에 이 굴이 땅속 아주 깊은 곳에 있다는 느낌이 잘 전달되고 있었다. 그 넓은 공간 어디에도 출구는 보이지 않았으며 횃불이나 혹은 다른 어떤 인공적인 빛도 찾아볼 수가 없었다. 그럼에도 강렬한 광선이 사방으로 퍼져 나오면서 그 모든 것들을 음산하고도 어울리지 않는 광휘로 물들이고 있었다.

내 친구가 현악기의 특정한 효과 이외에 어떤 음악도 참지 못하는 청각 신경 질환을 앓고 있다고 앞에서 언급했다. 아마도 그의 기타 연주 솜씨가 놀랍도록 환상적인 경지에 이르게 된 것은, 그의 청각이 기타밖에는 견뎌낼 수 없는 좁은 한계 때문에 고통받고 있기 때문이리라. 그러나 그 즉흥곡은 너무도 열정적이고 유려하여 정말 말문을 막히게 했다. 그러한 열정은 아마도 그 곡조뿐만 아니라 열정적인 환상을 담은 가사 때문임에(왜냐하면 그는 종종 운율에 맞춘 가사를 즉석에서 붙였으니까) 틀림없을 것이며, 사실이 그러했다. 그 환상은 내가 앞에서 이야기했던바 극도의 인위적인 흥분을 느끼는 특정한 순간에만 찾아볼 수 있는 강력한 정신 집중의 결과라고 할 수 있을 것이다. 이런 즉흥곡들 중 한 곡의 가사를 나는 잘 기억하고 있다. 아마도 그가 그 곡을 불렀을 때 받은 강한 인상 때문이었으리라. 자신의 고귀한 이성이 그 왕좌에서 비틀거리고 있음을 어셔 스스로도 완벽히 인식하고 있다는 것을 그 가사의 의미의 비밀스러운 저변에서 나는 알아차릴 수 있었던 것이다. 「유령 궁전」이라는 제목이 붙은 노래 가사는 정확히는 아니라도 대략 다음과 같았다.

I

우리 계곡의 가장 짙푸른 그곳
천사들이 살고 있는 그곳에
옛날에는 아름답고 장중한 궁전이,
빛나는 궁전이, 위풍도 당당하게 서 있었네.
이성이 다스리는 그 제국에
그것은 서 있었던 것이네.
그것의 반만큼이라도 아름다운 건물에조차
천사는 날개를 펴보지 못했을 것이네.

II

노랗고, 영광스러운 황금빛 깃발들
그 지붕 위에서 펄럭이고 있었네.
(이것은, 이 모든 것은, 오래전
아주 오래전의 일이네.)
그 달콤한 날
부드러운 공기는 그것을 희롱하고

깃털로 장식된 하얀 성벽을 따라
향기는 날갯짓하며 스쳐 갔네.

III

그 행복한 골짜기의 방랑자들은
두 개의 빛나는 창을 통해서 보았네.
류트의 아름다운 화음이 만드는 규칙에 맞춰
왕의 주위를 움직이는
정령들, 그곳에는
(고귀하게 태어난 이여!)
그의 영광에 걸맞게 앉아 있었네,
그 영토의 지배자가.

IV

그 아름다운 궁전의 문은
온통 진주와 루비로 타오르는 듯했고
그것으로부터 더 한층 반짝이며
메아리의 군사들이 흘러 흘러나왔네.
그들의 달콤한 임무는
단지 찬송하는 일.
뛰어나게 아름다운 목소리로
그들의 왕의 지혜를.

V

그러나 사악한 것들이, 슬픔의 옷을 입고
제국의 높으신 이를 공격했네.
(아아, 애도하세, 왜냐하면 이제 그에게
더 이상의 내일은 없으리니. 황량하기도 하여라!)
그리고, 그의 궁전 주위에서
수줍은 듯 피어나던 영광은
이제는 무덤 속에 묻힌
아스라한 옛날이야기일 뿐.

VI

이제 그 골짜기를 지나는 이들은
시뻘건 불이 비치는 창문을 통해
불협의 곡조에 맞춰 기이하게 움직이는
거대한 형체들을 보네.
그동안, 거세게 유령처럼 흐르는 강물같이
창백한 문을 통하여
끔찍스런 무리들이 끊임없이 달려 나온다네.
그리고 그들은 큰 소리로 웃지만, 더 이상 미소는 짓지 않는다네.

이 노래가 주는 암시에서 어셔가 품고 있는 생각들을 엿볼 수 있는데, 내가 여기서 이것을 언급하는 까닭은 그것이 새로운 것이어서가 아니라(왜냐하면 다른 사람들도 그런 생각을 해왔기 때문이다) 그가 그것을 너무도 편집적으로 주장했기 때문이다. 대략적으로 말하자면 이 견해란 모든 식물들이 의식을 가지고 있다는 것이다. 그러나 그의 병든 상상력 속에서 이러한 생각은 좀더 대담하게 나타나서, 어떤 조건이 만족된다면 무생물의 영역에서도 그러한 일이 일어난다고 그는 믿고 있었다. 그의 이러한 확신을 제대로 설명할 말도, 그리고 그 나름대로는 진지하지만 터무니없는 그 믿음을 표현할 말도 나는 찾을 수가 없다. 그러나 어쨌든 그에게 그 생각은 (앞에서 내가 잠시 비쳤던 것처럼) 선조들의 얼이 깃든 저택의 잿빛 돌들과 연관이 있었다. 그가 상상하기로는 무생물이 의식을 가질 수 있는 조건이 이 경우에 충족되었다는 것인데, 그 충족된 조건이란 돌들이 함께 놓인 방식, 즉 그 돌들의 배열 방식, 돌들 위에 퍼져 있는 곰팡이와 그것들 주위의 썩은 나무들의 배열 방식, 무엇보다도 그러한 배열이 장구한 시간 동안 변경되지 않고 유지되었다는 점, 그리고 그 늪의 고인 물에 그것이 그대로 비친다는 점 들이었다. 그는(나는 그 말을 들으면서 놀랐다) 그 증거, 즉 그것들이 의식을 가지고 있다는 증거는 바로 늪과 벽 주위에 그 돌들이 내뿜은 공기가 서서히, 그러나 틀림없이 응결되고 있는 것이라고 주장했다. 그리고 그 결과는 바로 수 세기 동안 말없이 그의 가문의 운명을 좌우해왔고, 지금 내가 보는 대로 자신을 그 모양으로 만든 그 불가항력적인 영향력에서 찾아볼 수 있다고 덧붙였다. 그러나 그러한 견해에 대해서는 왈가왈부할 필요가 없는 것이고, 따라서 나도 그에 대해서는 언급하지 않겠다.

우리가 읽은 책들은—이 병자 같은 친구의 정신적인 상태에 수년 동안 적지 않은 부분을 차지해온 책들은—짐작할 수 있는 대로 이러한 환상과 정확하게 일치하는 것들이었다. 우리가 함께 탐독한 작품들은 그레세의 『베르베르와 샤르트뢰즈』, 마키아벨리의 『벨페고르』, 스베덴보리의 『천국과 지옥』, 홀베르의 『니콜라스 클림의 지하 여행』, 장 댕다지네, 드 라 샹브르, 로버트 플러드의 『손금에 관한 이론』, 티크의 『푸른 극지로의 여행』, 캄파넬라의 『태양의 도시』 등이었다. 특히 어셔가 좋아했던 책은 스페인 지로나 출신 도미니크회 수사 에이메리크가 쓴 팔절판 책 『이단자 심문법』이었고, 고대 아프리카의 사티로스와 아이기판에 관한 폼포니우스 멜라의 구절들을 몇 시간씩 꿈을 꾸는 듯 명상하곤 했다. 그러나 그의 가장 큰 즐거움은 어느 잊힌 교회의 매뉴얼인 매우 희귀하고 신기한 고딕 사절판 책 『마인츠 교회의 관습에 의거한 죽은 자들을 위한 경야』를 읽는 것이었다.

이 작품에 나오는 이상스러운 제의들과 그것이 이 우울증 환자에게 끼쳤을지 모를 영향력을 떠올리지 않을 수 없었던 것은, 어느 날 저녁 어셔가 느닷없이 매들라인 아가씨는 세상을 떠났으며 그녀의 시체를 (완전히 매장하기 전에) 그 건물 담장 안에 있는 수많은 지하실 중 하나에 14일 동안이나 보관하려 한다고 말했을 때였다. 그러나 그런 이상스러운 절차를 밟으려는 현실적인 이유 또한 반박하기가 어려웠다. (그의 말에 따르자면) 그런 결심을 하게 된 이유는 죽은 이가 앓았던 질병이 워낙 특이한 것이라서 그녀를 담당했던 의사들이 주제넘게도 끈질기게 연구를 하겠다고 덤비고 있는 상황인데, 그 가문 묘지는 저택에서 멀고도 노출되어 있어서 시체를 도난당할 위험이 걱정되기 때문이라는 것이었다. 내가 그 집에 도착한 날 계단에서 만났던 사람의 음흉스러운 표정을 생각해보면, 어셔가 이렇게 조심하는 것이 해로울 것도 없고 결코 이상스럽다고 할 수도 없기에 반대할 생각은 없었다.

어셔의 요청으로 나는 직접 그 가매장 절차를 거들었다. 시체는 이미 관에 넣어놓았기 때문에 우리 둘이서만 그것을 메고 그걸 놓아둘 곳으로 가져갔다. 관을 옮겨놓은 지하실은(그곳은 너무도 오랜 세월 동안 밀폐되어 있어서 우리가 들고 있던 횃불은 숨 막히는 공기에 거의 꺼질 듯했고, 그래서 그 속을 자세히 볼 수가 없었다) 좁고 습하며 아무런 빛도 들어오지 않는 곳이었다. 그리고 내가 묵고 있는 방의 바로 밑 지하에 위치하고 있었다. 분명히, 옛날 중세 시대 동안에는 그런 안채의 용도 중 가장 나쁜 용도로 사용되다가, 좀더 세월이 지나고부터는 화약이나 폭발성 물질을 저장하는 장소로 쓰인 것 같았다. 왜냐하면 그 바닥 일부와 그리로 들어가는 긴 복도 내벽 전체가 구리로 꼼꼼히 덧입혀져 있었기 때문이다. 쇠로 된 문 또한 비슷한 방식으로 보호되어 있었다. 그 문을 열 때는 엄청난 무게 때문에 매우 날카롭고 삐걱거리는 소리를 냈다.

이처럼 무시무시한 곳 안에 있는 안치대 위에 그 애처로운 짐을 내려놓고, 우리는 아직 못을 박지 않은 관의 뚜껑을 반쯤 민 다음 그 속에 있는 이의 얼굴을 내려다보았다. 나는 그때 처음으로 남매가 서로 놀랍도록 닮았다는 것을 알게 되었다. 그런 내 생각을 아마 알아차렸는지 어셔가 몇 마디를 했는데, 그 말을 듣고 나는 죽은 이와 그가 쌍둥이였으며, 어떤 이해할 수 없는 공감이 그들 사이를 항상 이어주고 있었음을 알 수 있었다. 그러나 우리는 그 죽은 이를 오랫동안 들여다볼 수가 없었다. 왜냐하면 그녀를 보면서 공포에 질리지 않을 수 없었기 때문이다. 젊음이 익어갈 때 그녀를 그처럼 무덤 속으로 집어넣어 버린 그 질병은, 심한 강직증을 보이는 모든 질병들에서 흔히 볼 수 있는 것처럼 그녀의 가슴과 얼굴에 희미한 홍조처럼 보이는 것들을 남겨놓았다. 입술에는 미심쩍은 미소가 남아 있는 듯했는데, 죽은 이의 얼굴에서 그러한 모습을 보니 정말로 끔찍했다. 우리는 관 뚜껑을 다시 맞추어 못을 박은 후, 쇠문을 잠그고는 가까스로 길을 더듬어 더 밝은 곳이라고 할 것도 없는 건물의 윗부분으로 올라왔다.

비통한 슬픔 속에서 며칠을 보내고 나니, 친구의 정신적 질환에 눈에 띌 만한 변화가 나타나 있었다. 일상적인 태도는 사라지고 늘 하던 일들 또한 잘 하지 않거나 아예 그만두었다. 성급하고 불안정하고 목적 없는 걸음걸이로 그는 이 방 저 방을 배회하고 다녔다. 원래부터 창백했던 그의 안색은, 만일 그게 가능하기나 하다면 더 핼쑥해졌으며 눈에는 빛나던 광채도 완전히 사라져버렸다. 이전에 때때로 쉰 듯이 나오던 목소리는 더 이상 들을 수 없었고, 극단적 공포에 사로잡힌 듯 전율하며 떨리는 목소리가 이제는 평상시 목소리가 되었다. 지속적으로 흥분해 있는 정신은 그것을 억누르고 있는 비밀을 털어놓는 데 필요한 용기를 내보려고 산고라도 치르고 있는 듯 보였다. 나는 이 모든 것들을 뭉뚱그려서 그저 그의 광기가 설명할 수 없이 변덕을 부린다는 정도로 이해할 도리밖에는 없었다. 왜냐하면 그는 무슨 상상 속의 소리라도 듣고 있는 것처럼 온 정신을 다 쏟아 허공을 몇 시간씩 응시하기도 했기 때문이다. 그런 그의 상태가 나를 공포로 몰아넣으며 나에게 전염되었던 것도 놀랄 일은 아니었다. 환상에 불과하겠지만 그럼에도 불구하고 깊은 인상을 남겼던 그의 미신적인 생각이 나에게도 서서히, 그러나 분명하게 엄습해오는 것을 느낄 수 있었다.

내가 그러한 느낌을 아주 강렬하게 가지게 된 것은 매들라인 아가씨를 그 지하실에 옮겨놓은 지 7, 8일쯤 지나 밤늦게 잠자리에 들었을 때였다. 시간은 자꾸만 가는데도 잠이 오지 않았다. 나를 온통 지배하고 있는 신경과민 증상을 이성적으로 극복하려고 노력해보았다. 내가 그렇게 느끼는 것은 주로 그 방에 있는 음침한 가구들 — 점점 거세어지는 강한 바람에 고문이라도 당하듯 들썩이면서 발작적으로 벽 위에서 흔들리며 침대 장식물을 불안스레 스쳐 가는 어두운 색조의 너덜너덜한 휘장들 — 의 영문 모를 영향들 때문이라 믿으려고 애를 썼다. 그러나 아무리 애를 써도 소용이 없었다. 내 몸은 점점 더 억누를 수 없는 전율에 사로잡히고, 마침내 심장은 악몽처럼 아무런 이유도 없는 불안으로 뛰었다. 숨을 헐떡이며 어떻게 해서라도 이 불안을 떨쳐버리려고 몸을 일으키고는 그 방의 짙은 어둠 속을 열심히 꿰뚫어보려고 하면서 폭풍 소리 사이사이로 아주 간간이 들려오는 어디서 나는지도 모를 나지막하고도 불명확한 소리에 귀를 기울이고 있었다. 내가 왜 그랬는지는 지금도 모르겠지만, 어떤 본능적인 느낌에 그렇게 했던 것 같다. 설명할 수도 없고 견딜 수도 없는 짙은 공포감에 압도되어 나는 급히 옷을 주섬주섬 입고는 (그날 밤은 더 이상 잠을 잘 수 없다고 느꼈기 때문에) 방 안을 빠르게 왔다 갔다 하면서 그 비참한 상태에서 벗어나 보려고 노력했다.

그런 식으로 몇 번을 왔다 갔다 하고 있었는데, 인접한 계단 쪽에서 가벼운 발자국 소리가 들렸다. 그것이 어셔의 발자국 소리라는 것은 바로 알아챌 수 있었다. 잠시 후 그가 살며시 문을 두드리더니 램프를 들고 방으로 들어왔다. 평상시대로 그의 안색은 송장처럼 창백했고, 그의 눈에는 일종의 광기 어린 유쾌함이 깃들어 있었으며 전체적인 태도에는 억제된 **히스테리**가 분명히 배어 있었다. 이런 그의 상태 때문에 나는 두려워졌다. 그러나 오랫동안 혼자서 견뎌야 했던 시간보다야 어떤 것이든 더 낫겠다 싶어 나는 그가 온 것이 일종의 구원처럼 여겨지면서 반가운 마음이 들었다.

"그런데 자네는 못 보았나?" 자기 주위를 말없이 한참 동안 노려보더니 그는 밑도 끝도 없이 말을 했다. "자네 그것을 못 보았다고? 그렇지만 기다려보게, 보게 될 테니." 그렇게 말하며 들고 온 램프를 조심스럽게 가리더니 한 창문 쪽으로 서둘러 가서 폭풍우에도 창문을 활짝 열어젖혔다.

그 창문으로 불어 들이치는 광풍은 맹렬한 기세로 우리를 날려버릴 것만 같았다. 그날 밤은 폭풍우가 치긴 했지만 그럼에도 정말로 아름다운 밤이었으며, 그 공포와 아름다움에 있어서 정말 특이한 밤이었다. 분명 회오리바람의 중심이 우리 근처에 있는 것 같았다. 왜냐하면 바람의 방향이 빠르고 격렬하게 바뀌고 있었는데도 (그 저택의 첨탑을 에워싸듯이 아주 낮게 깔려 있는) 매우 짙은 구름들은 멀리로 밀려가지 않고 사방에서 전속력으로 서로 부딪치는 것을 볼 수 있었기 때문이다. 구름들이 아주 짙게 깔려도 이런 현상들을 볼 수 있다고 하는데, 그렇다고 우리가 달이나 별을 볼 수 있었던 것도 아니고 번개가 번쩍였던 것도 아니었다. 우리 주위에 있는 모든 것들과 어우러지면서 거대한 덩치로 출렁이는 안개의 장막 밑으로는, 저택 주위를 마치 수의처럼 감싸면서 희미한 빛을 내지만 그럼에도 뚜렷하게 보이는 기체들이 피어오르면서 빛을 내고 있었다.

"자네는 이것을 보면 안 되네!" 나는 몸서리를 치면서 어셔에게 말하고는 그를 가볍게 밀어붙이며 창문으로부터 끌어와 자리에 앉혔다. "이런 것들은, 자네야 어리둥절하겠지만 드물지 않게 일어나는 전기적 현상에 불과하다네. 아니면 늪에서 나오는 썩은 독기 때문일지도 몰라…… 자, 창문을 닫는 게 좋겠네. 공기가 차가워 자네 몸에 해롭겠어. 자네가 좋아하는 이야기책이 있군. 내가 읽어줄 테니 들어보게…… 그러면 이 끔찍한 밤이 곧 지나갈 거야."

내가 집어 든 옛날 책은 랜슬롯 캐닝 경의 『미친 언약』이었는데 내가 그것을 어셔가 좋아하는 책이라고 말한 것은 사실 진담이 아닌 우울한 농담이었다. 왜냐하면 그 조야하고도 상상력을 결여한 장광설에는 내 친구의 고결하고 영적인 상상력을 사로잡을 만한 것이 거의 없었기 때문이다. 그러나 그 책은 바로 집어 들 수 있는 유일한 책이었고, 또한 정말로 어리석은 그 이야기를 듣다 보면 지금 이 우울증 환자를 동요시키고 있는 흥분에서 어떤 탈출구를 찾을 수도 있겠다는 막연한 희망을 나는 품고 있었다(왜냐하면 정신 질환의 역사에는 그와 유사한 이례적인 일들이 많이 나오니까). 이상하리만치 지나치게 긴장하면서 그 이야기를 듣는, 혹은 외견상으로는 듣고 있는 듯한 그의 모습으로만 판단한다면 이런 내 계획이 성공했다고 자축할 수도 있었을 것이다.

나는 『미친 언약』의 주인공인 에설레드가 은자가 사는 곳을 살짝 들어가 보려고 하다가 여의치 않자 힘으로 밀고 들어가는 그 유명한 부분에 이르렀다. 기억하겠지만 이 부분에서 이야기는 다음과 같이 이어진다.

"그리고 천성이 용맹스럽게 타고난 데다 이제는 힘도 세진 에설레드는 술에 거나하게 취하자 완고하고도 적의에 가득 찬 은자와 협상을 해보겠다고 더 이상 기다리지 않았다. 그는 어깨에 비를 맞으며 점점 더 강해지는 폭풍우를 걱정하면서 철퇴를 바로 집어 들더니만 문짝을 내리쳐서 장갑 낀 손이 들어갈 자리를 만들었다. 그러고는 힘차게 그것을 잡아당겨서 부수고 쪼개고 뜯어버리니, 나무 문에서 나는 메마르고 공허하게 울리는 소리가 숲 전체에 커다랗게 울려 퍼졌다."

이 문장까지 읽고서 나는 깜짝 놀라 읽는 것을 잠시 멈추었다. 왜냐하면 (비록 내가 감정이 고조되어서 착각한 것이라고 금방 결론을 내리기는 했지만) 멀리 떨어진 저택의 어딘가로부터, 이야기와 정확하게 일치하는 것처럼 랜슬롯이 그토록 세세히 묘사했던 바로 그 삐걱거리고 부서지는 듯한 소리가 메아리치며 내 귀에 불분명하게나마 들려왔던 것이다. 내가 그 소리에 주목하게 된 것은 그냥 그런 우연의 일치 때문이었을 뿐이다. 창문틀이 삐걱대는 소리나 점점 더 거세어가는 폭풍이 만들어내는 뒤엉킨 소음들 속에서, 그런 소리가 특별한 흥미를 불러일으키거나 심란하게 할 만한 것이 뭐가 있겠는가. 나는 이야기를 계속 읽어 내려갔다.

"그러나 선한 용사 에설레드는 이제 문 안으로 들어서면서 놀라고 분노했다. 사악한 은자는 간 곳 없고 그 대신에 비늘이 덮인 거대한 몸집과 불의 혀를 가진 용이 은마루가 깔린 황금 궁전 앞에서 지키고 있었기 때문이다. 그 궁전 벽 위에는 반짝이는 놋쇠 방패가 하나 걸려 있었는데 거기에는 다음과 같은 글이 새겨져 있었다.

여기 들어오는 이는 정복자이며,
용을 죽이는 자는 방패를 얻을 것이다.

그리고 에설레드가 철퇴를 높이 들어 용의 머리를 내리치자 용은 그 앞에 쓰러져 그 더러운 숨을 거두었다. 그러면서 너무도 끔찍하고 거칠고 귀를 찢는 듯한 비명을 내질렀는데, 그와 같은 소리를 한 번도 들어본 적이 없던 에설레드는 그 끔찍한 소리에 손으로 귀를 막지 않을 수가 없었다."

나는 다시 여기서 읽는 것을 급작스레 멈추고 숨이 멎을 만큼 놀랄 수밖에 없었는데, 이번 경우에는 그게 뭐든 간에 어떤 소리가 실지로 들렸기 때문이다(그 소리가 실지로 어디에서 나는지는 도무지 알 수가 없었다). 나지막하고 분명 멀기는 하지만, 거칠고 지속적이며 아주 이상한 비명 소리 혹은 신경을 거스르는 소리가! 이 이야기의 작가가 묘사한 대로 그 용의 괴기스러운 비명이 그러하리라고 내가 상상했던 것과 완전히 똑같은 소리였다.

정말로 기이한 두번째 우연의 일치 때문에 나는 놀라움과 극심한 공포가 뒤섞인 수많은 혼란스러운 감정들에 짓눌렸다. 그러나 내가 그러한 모습을 보이면 내 친구의 예민한 신경을 건드리게 될 것 같은 우려 때문에 나는 마음을 다잡을 수 있었다. 과연 그도 문제의 소리를 들었는지 결코 확실히 알 수가 없었다. 비록 분명 그 몇 분 사이에 그의 행동에 이상한 변화가 일어나기는 했지만 말이다. 그는 처음에 나와 마주 앉아 있었던 자리로부터 점차로 의자를 돌려 방문을 마주 보면서 앉았다. 그래서 나는 그의 용태를 부분적으로밖에는 살필 수가 없었지만, 그래도 들리지 않게 무슨 소리를 중얼중얼하듯이 그의 입술이 떨리는 것은 볼 수 있었다. 그는 머리를 가슴까지 숙이고 있었는데, 옆모습으로나마 크게 부릅뜬 눈을 봐서는 잠들어 있지 않다는 것을 알 수 있었다. 또한 이쪽에서 저쪽으로 살며시 그러나 변함없이 동일하게 흔들리고 있는 몸의 움직임도 그가 잠든 것은 아니라는 생각을 뒷받침해주었다. 이런 것들을 재빨리 살핀 후에 나는 랜슬롯 경의 이야기를 다시 읽기 시작했는데, 그 이야기는 이렇게 이어진다.

"이제 용사는 용의 끔찍스러운 분노를 피했기에 그 놋쇠 방패와 그것에 걸린 요술을 깨뜨릴 것을 생각해내고는 자기 앞을 가로막고 있는 시체를 치우고 은으로 된 길을 걸어 성벽에 걸린 방패로 용감하게 접근했다. 그랬더니 그가 채 다가가기도 전에 그 방패는 정말로 그의 발 앞 은마루 위로, 엄청나게 끔찍한 큰 소리를 내면서 떨어지는 것이었다."

이 구절이 채 끝나기도 전에 — 마치 바로 그 순간 놋쇠 방패가 은마루에 둔탁하게 떨어지기라도 하는 것처럼 — 뚜렷하게 울리며 부딪히는 쇳소리, 그러나 분명 무언가로 감싸인 듯한 소리가 울렸다. 정말로 두려움에 빠져 나는 벌떡 일어났다. 그러나 어셔는 박자에 맞춘 듯이 몸을 흔드는 동작을 멈추지 않았다. 나는 그가 앉아 있는 의자로 달려갔다. 그의 눈은 앞을 보며 고정된 듯 움직이지 않았고, 몸은 돌처럼 굳어 있었다. 그러나 내가 어깨에 손을 얹자 그는 심하게 몸서리를 쳤다. 병적인 미소가 그의 입술 위로 떨려 나왔다. 그리고 내 존재를 의식하지 못하는 듯 그는 나지막하고 급하게 떨리듯이 중얼거리는 소리를 냈다. 그의 위로 가까이 몸을 굽히자 나는 마침내 그 끔찍스러운 말들을 알아들을 수 있었다.

"이제 들리냐고?…… 그래, 나는 그것을 듣고 있고, **여태까지도** 듣고 있었어. 오랫동안…… 오랫동안…… 오랫동안, 몇 분씩, 몇 시간씩, 며칠씩, 나는 그것을 듣고 있었어. 그렇지만 나는 도저히 말할 수가 없었어…… 아, 불쌍한 놈, 나는 정말 가엾은 놈이야!…… 나는 **감히** 말할 수가 없었어. **우리는 그녀를 산 채로 관에 넣었네**! 내 감각이 극도로 예민하다고 말하지 않았던가? 이제 말해주지. 나는 그 관에서 그녀가 약하게나마 움직이는 소리를 들었다네. 난 그것을 들었어…… 며칠, 며칠 전이야…… 그래도 나는 감히 말할 수가 없었다네. **나는 감히 말할 수가 없었어**. 그런데 이제…… 오늘 밤…… 에설레드라니…… 하! 하!…… 은자의 문을 부수는 것, 죽어가는 용의 비명, 방패의 쨍그랑거리는 소리…… 아니, 그녀의 관이 쪼개지는 소리, 그녀 감옥의 쇠경첩이 삐걱거리는 소리, 그리고 구리를 씌운 지하실 복도를 기어오는 그녀의 소리! 오! 내가 어디로 도망가야 할까? 그녀가 곧 이리로 오지 않을까? 내가 성급했다고 책망하러 오고 있는 것은 아닌가? 계단에서 그녀의 발자국 소리가 들리지 않나?

그녀의 심장이 둔탁하고도 무섭게 뛰고 있는 소리가 들리는 것 같은데, 미친 사람!" 그러더니 그는 광폭하게 벌떡 일어나 마치 그의 영혼을 포기하려는 노력이라도 하는 것처럼 외쳤다. "**미친 사람아! 내가 이제 말해주노니 그녀가 문밖에서 있네!**"

그가 한 이 말에 초인적인 에너지를 지닌 어떤 주문 같은 힘이라도 있는 듯 바로 그 순간, 그가 가리킨 거대하고 낡은 문이 천천히 뒤로 열리면서 육중한 흑옥의 아가리를 드러냈다. 그건 불어오는 거센 바람 때문이겠지…… 그런데 그곳에 고귀한 어셔가의 매들라인 아가씨가 수의를 입고 **정말로** 문밖에 서 있는 것이 아닌가! 그녀의 흰옷에는 피가 묻어 있었고 수척한 몸 구석구석에는 끔찍한 사투의 흔적이 보였다. 잠시 동안 그녀는 몸을 떨면서 문지방 위에 서서 비틀거렸다. 그러고는, 나지막한 신음 소리를 내면서, 오빠의 몸 위로 안기듯이 털썩 쓰러졌고, 격렬한 죽음의 고통 속에서 오빠 또한 마룻바닥에서 숨을 거두었으니 그가 예견했던 바대로 공포의 희생자가 되었던 것이다.

그 방으로부터, 그리고 그 저택으로부터, 나는 놀라서 도망쳤다. 내가 그 오래된 방죽 길을 건널 때 폭풍은 분노하듯이 휘몰아치고 있었다. 갑자기 그 길을 따라 어떤 이상한 빛이 번쩍였고, 내 뒤에는 거대한 저택과 그 그림자밖에 없었기에 그런 이상한 빛이 어디서 나오는지를 보려고 돌아섰다. 그 빛은 천천히 저물어가고 있는 핏빛 붉은색의 보름달로부터 나오는 것이었고, 내가 이전에 언급했던 그 건물의 균열, 건물 꼭대기부터 지하로 지그재그형으로 나 있었지만 거의 분간할 수가 없었던 그 균열을 너무도 생생하게 비춰주고 있었다. 그렇게 내가 지켜보고 있는 가운데, 이 균열은 급속하게 커져갔고…… 회오리바람이 강하게 몰아치고는…… 내가 보는 앞에서 그 영지는 한순간에 폭발하는 것 같았다…… 그 거대한 벽들이 갈라져 내리는 것을 보면서 나는 현기증이 났다…… 수천 개의 강이 흐르는 소리 같은 길고 격렬한 외침 소리가 나고는…… 내 발치에 있는 깊고 축축한 늪이 **어셔가**의 파편들을 말없이 음울하게 삼켜버렸다.

고자질하는 심장

사실이다! 나는…… 신경이 예민한…… 정말, 정말 끔찍이도 예민한 사람이었고 지금도 그렇다. 그렇지만 왜 당신은 내가 미쳤다고 말하려 하는가? 병 때문에 내 감각은 날카로워졌다. 감각이 파괴되거나…… 둔해진 것이 아니란 말이다. 무엇보다도 청각이 예민해졌다. 나는 천국과 지상에서 일어나는 모든 소리들을 듣는다. 그리고 지옥에서 나오는 많은 소리들도 듣는다. 그렇다면 어떻게 내가 미친 것일 수가 있겠는가? 들어보아라! 그리고 보아라. 얼마나 멀쩡하게…… 얼마나 차분하게 내가 당신에게 모든 이야기를 해줄 수 있는지를.

내가 어떻게 그런 생각을 처음에 하게 되었는지는 도무지 알 수가 없다. 그러나 일단 그런 생각이 들자, 그것은 밤이고 낮이고 뇌리를 떠나지 않았다. 어떤 목적, 그런 것은 없었다. 열정, 그것 또한 없었다. 나는 그 늙은이를 좋아했다. 그가 나에게 잘못한 것도 없었다. 나에게 모욕을 준 일도 없었고, 그의 재산 따위에 나는 아무런 욕심이 없다. 내 생각에 그것은 그의 눈 때문이었던 것 같다! 그래, 바로 그것이다! 그의 한쪽 눈은 탐욕스러운 독수리의 눈을 닮았다…… 흐린 막이 덮여 있는 창백한 푸른 눈. 그 눈이 나를 바라볼 때마다 나는 피가 싸늘해지는 것을 느꼈다. 그래서 점차로—아주 점차적으로—나는 그 노인을 죽이고, 그래서 그 눈을 다시는 보지 않아도 되게 하려고 결심을 한 것이다.

자, 요점은 이것이다. 당신은 나를 미쳤다고 생각한다. 미친놈들은 아무것도 모르지. 그러나 당신은 **나를** 봤어야만 한다. 내가 얼마나 지혜롭게 일을 진행했는지…… 얼마나 조심스럽게…… 어떤 선견지명을 가지고…… 얼마나 감쪽같이 일을 진행했는지를 보았어야만 한다는 말이다! 그를 죽이기 전 일주일 동안 나는 어느 때보다도 그 노인에게 친절하게 대했다. 그리고 매일 밤 자정쯤 해서 나는 그의 방문 걸쇠를 돌리고 문을 열었다…… 아, 정말 살그머니 말이다! 그렇게 하고는 머리가 들어갈 만큼 충분히 문이 열리면, 희미한 등불을 밀어 넣었다. 빛이 한 자락도 새어 나가지 않게 온통 가리고 가린 등불을. 그러고 나서는 머리를 들이밀었지. 아, 내가 얼마나 교묘하게 머리를 들이미는가를 보면 당신은 웃지 않고는 못 배길 것이다. 나는 아주 천천히 움직였다…… 아주, 아주 천천히, 그래서 그 늙은이의 잠을 깨우지 않도록 말이다. 내가 열린 문 틈새로 머리를 전부 들이밀어서 그가 침대에 누워 있는 것을 볼 수 있게 되기까지는 한 시간 정도나 걸렸다. 하! 미친 사람이 이처럼 현명한 걸 보았는가? 머리가 방 안에 들어가고 나면 나는 등불을 조심스레 꺼냈다…… 오, 매우 조심스럽게…… 조심스럽게(왜냐하면 문설주가 삐걱거리니까)…… 내가 그것을 꺼낸 까닭은 아주 작은 불빛 하나라도 그 독수리같이 탐욕스러운 눈에 비칠까 봐서다. 그리고 그 짓을 나는 일곱 밤이나 계속했다—매일 밤 자정에—그러나 그 눈은 언제나 감겨 있었다. 그래서 그 일을 할 수가 없었던 것이다. 왜냐하면 나를 짜증 나게 한 것은 그 노인이 아니라 그의 사악한 눈이기 때문이다. 그리고 매일 아침, 날이 밝으면 나는 대담하게 그 방으로 들어가 그에게 용감하게 말을 걸었고 따뜻한 음성으로 친근하게 대하면서 밤을 잘 보냈는지를 물어보았다. 그러니 매일 밤 자정 자기가 잠든 사이에 내가 자기를 들여다보았다는 것은, 생각이 아주 깊은 사람이 아니고서는 의심조차 못 할 것이다.

여덟번째 밤, 그의 방문을 열면서 나는 다른 때보다 더 조심했다. 내 손은 시계의 분침보다도 더 천천히 움직였을 게다. 그날 밤만큼 내 자신의 능력이 얼마나 대단한지, 내가 얼마나 지혜로운지를 **느껴본** 적이 없다. 나는 승리감을 억누르지 못할 지경이었다. 생각해보아라! 거기서 내가 조금씩 조금씩 문을 열고 있는데 그는 내 비밀스런 행동이나 생각을 꿈도 꾸지 못하고 있는 것을! 나는 그 생각을 하면서 상당히 낄낄댔다. 그리고 그는 아마도 그 소리를 들은 것 같았다. 놀란 것처럼 그가 갑자기 침대에서 움직였던 것이다. 아마 당신은 내가 물러섰으리라고 생각하겠지…… 하지만 아니다. 그의 방은 짙은 어두움에 칠흑같이 깜깜했으니(왜냐하면 그가 강도를 겁내서 덧문들을 꽉 잠가놓았기 때문이다) 그가 문이 열린 것을 볼 수 없다는 사실을 나는 알고 있었기 때문이다. 그래서 나는 계속 문을 천천히, 천천히 밀었다.

머리를 집어넣고 막 등불의 덮개를 열려고 하는데, 내 엄지손가락이 양철 고리에서 미끄러졌다. 그러자 노인이 침대에서 벌떡 일어나더니 "게 누구요?" 하며 소리쳤다.

나는 꼼짝도 않고 아무 말도 하지 않았다. 한 시간 동안이나 나는 눈썹 하나 움직이지 않았는데, 그러는 동안에도 그가 눕는 소리는 들리지 않았다. 그는 여전히 침대에 앉아서 귀를 기울이고 있었다. 내가 매일 밤 벽 너머의 빗살수염벌레deathwatch* 울음소리에 귀를 기울이고 있었던 것처럼.

그러고는 작은 신음 소리가 들렸는데, 이것이 죽음의 공포 때문이라는 것을 알 수 있었다. 그것은 아프거나 슬퍼서 나오는 신음 소리가 아니다. 두려움에 가득 찼을 때 영혼의 밑바닥으로부터 나오는, 나지막하게 숨죽인 소리였다. 나는 그 소리를 잘 안다. 수많은 밤 자정 무렵 세상이 잠들어 있

* 이 벌레의 울음소리는 죽음의 전조로 여겨진다.

을 때 그 소리는 나 자신의 가슴으로부터 고여 올라왔고, 그 끔찍한 메아리 때문에 나를 괴롭히는 공포가 더 커져갈 뿐이었다. 나는 내가 그걸 잘 알고 있었다고 단언한다. 그 늙은이가 어떻게 느끼고 있는가를 잘 알 수 있었으며, 비록 마음속으로는 낄낄거렸지만 그가 가엾게 여겨지기도 했다. 그는 잠자리에 들고 난 후 작은 소리가 들렸을 때부터 잠을 못 이루고 누워 있었던 것이다. 그의 두려움은 그때부터 점점 더 커지고 있었다. 자기가 그렇게 무서워할 이유가 없다고 생각해보려 애를 써도 마음먹은 대로 되지 않고 있는 것이다. 그는 스스로에게 말하고 있었다—"이건 굴뚝으로 몰아치는 바람 때문일 거야…… 쥐가 마루를 뛰어가며 내는 소리지." 혹은 "귀뚜라미가 딱 한 번 울음소리를 낸 것이었어." 그렇다. 그는 이런 추측들을 하면서 스스로를 안심시키려고 했지만 그게 잘되지 않았던 것이다. 그 **모든 노력들은 헛되었다**. 왜냐하면 죽음이란 것이 그에게 접근하면서 그 앞에 검은 그림자를 드리웠고 이 희생자를 휘감아버렸기 때문이다. 이 알아차릴 수 없는 죽음의 그림자가 내뿜는 음산한 영향력 때문에 그는 내 머리가 자기 방 안으로 들어와 있다는 것을—비록 보거나 듣지는 못하지만—**느낄** 수 있는 것이다.

그가 눕는 소리가 나기를 오랫동안 매우 끈질기게 기다린 끝에 나는 조금만…… 아주 조금만 등불의 덮개를 열어보기로 마음먹었다. 그리고 그것을 열었는데—당신은 얼마나 살며시, 살며시인지 상상도 못 할 것이다—마침내 한 줄기 희미한 불빛이 거미줄처럼 그 틈새로부터 새어 나와 그 독수리 같은 눈을 비춘 것이다.

그는 눈을 뜨고 있었다—그 눈은 아주 활짝, 활짝 뜨여 있었다—그리고 그것을 보면서 나는 광포해졌다. 나는 그것을 정면으로 분명하게 보았다. 온통 희미한 푸른색에 끔찍스런 막이 덮여 있는 듯한 그 눈을. 그것은 내 뼛속의 골수까지 으스스하게 했다. 그러나 나는 그 늙은이의 얼굴이나 몸은 볼 수가 없었다. 왜냐하면 마치 본능에 의해서인 것처럼 등불 빛이 정확하게 그 빌어먹을 눈을 비추었기 때문이다.

그리고 당신이 광기라고 착각하는 것은 단지 감각이 과도하게 예민한 것일 뿐이라고 내가 말하지 않았던가? 이제…… 아주 나지막하고 희미하고 빠른 소리가, 마치 솜에 싸인 시계가 내는 것과 같은 소리가 내 귀에 들렸다. 나는 **그** 소리도 너무나 잘 안다. 그것은 노인의 심장이 뛰는 소리였다. 마치 북소리가 병사의 용기를 북돋워주는 것처럼 그것은 나를 더욱 분노케 했다.

그러나 여전히 나는 자제하면서 가만히 있었다. 거의 숨도 쉬지 않았다. 등불이 흔들리지 않게 들고 있었다. 내가 얼마 동안이나 떨지 않고 그 눈에다 빛을 비추고 있을 수 있는지를 시험해보았다. 그러는 동안에 그 지옥 같은 심장 박동 소리에 대한 나의 감각은 점점 더 예민해졌다. 그건 순간

순간 점점 더 빨라지고 점점 더 커져갔다. **분명** 그 늙은이의 공포가 극에 달한 거야! 정말로 매 순간마다 점점 더 커지고 있는 거라구! 내 말 잘 알아듣겠는가? 내가 신경이 과민하다고는 이미 말했다. 그래, 나는 그렇다. 그리고 이 한밤중에, 낡은 집의 끔찍한 정적 속에서 이런 이상한 소리 때문에 주체할 수 없는 공포에 빠지고 있는 것이다. 그래도 몇 분 더, 나는 참으면서 가만히 서 있었다. 그렇지만 그 박동 소리는 점점 더 커져갔다! 나는 심장이 터질 것이라고 생각했다. 그러고는 새로운 불안이 나를 엄습했다…… 이 소리가 어쩌면 이웃들에게 들릴지도 몰라! 이 늙은이가 죽을 때가 된 거야! 큰 소리를 지르면서 나는 등불 가리개를 활짝 열어젖히고 방으로 뛰어들었다. 그는 비명을 한 번 질렀다, 딱 한 번만. 내가 즉시 그를 마루로 끌어내려서는 무거운 침구를 그의 위로 뒤집어씌워버렸으니까. 일이 거기까지 이른 것을 보고 나는 아주 기분 좋은 미소를 지었다. 그러나 상당한 시간 동안 심장은 무엇인가 뒤집어쓴 듯한 소리를 내며 계속 뛰었다. 하지만 이것이 나를 화나게 하지는 않았다. 이런 소리 정도야 벽을 넘어 들리지는 않을 테니까. 마침내 그 소리는 멈추었다. 그 늙은이는 죽었다. 나는 침구를 치우고 시체를 조사했다. 그래, 이 노인은 완전히 죽었다. 나는 그의 심장에 손을 대고 몇 분 동안 있었다. 박동이 없었다. 그는 완전히 죽었다. 그의 눈은 이제 더 이상 나를 괴롭히지 못할 것이다!

당신이 여전히 내가 미쳤다고 생각한다 하더라도, 내가 시체를 숨기는 데 얼마나 현명하게 주의를 기울였는가를 들어보면 더 이상 그런 생각은 안 하게 될 것이다. 밤은 다 지나가고 있었고, 나는 서둘러, 그러나 침묵 속에서 작업을 했다. 먼저 나는 시체를 토막 냈다. 머리와 팔과 다리를 잘라낸 것이다.

그러고는 그 방 마루에서 마룻장을 세 장 들어 올리고는 나무판 안쪽에 토막들을 모두 집어넣었다. 그다음에는 아주 영리하고, 아주 교묘하게 그 마룻장을 다시 붙였다. 그래서 어떤 인간의 눈도 — 심지어는 **그의 눈도** — 무언가 잘못되었다는 것을 눈치채지 못할 것이다. 씻어낼 것도 없었다 — 무슨 자국 같은 것 — 핏자국도. 나는 매우 신중했기에 그런 일은 없었다. 통 하나로 그걸 모두 받아냈기에…… 하! 하!

내가 이 일들을 끝냈을 때는 4시였다. 여전히 한밤중처럼 깜깜했다. 시계 종이 울릴 때 현관문을 두드리는 소리가 들렸다. 나는 내려가서 가벼운 마음으로 문을 열었다…… **이제** 내가 두려워할 것이 무엇이 있겠는가? 남자 세 명이 들어와서는 아주 공손하게 자기들은 경찰이라고 밝혔다. 밤사이 이웃 사람이 비명 소리를 들었다는 것이다. 어떤 폭력이나 살인이 벌어졌을지도 모른다는 신고가 들어왔고 그 신고가 경찰서에 접수되어 그들이(경찰들이) 집 안을 수색하도록 파견되었다고 했다.

나는 미소를 지었다…… 내가 두려워해야 할 것이 **뭐가** 있겠는가? 나는 그 신사들을 환영하고는, 그 비명 소리는 내가 꿈을 꾸다가 지른 것이라고 말했다. 그 노인은 지금 여기에 없다고도 말해주었다. 나는 방문객들에게 집 안 구석구석을 보여주었다. 나는 그들에게 수색해보라고…… **잘** 수색해보라고 말했다. 그러고는 드디어 그들을 **그의** 방으로 데리고 갔다. 나는 그의 보물들이 손댄 흔적 없이 안전하게 있다는 것도 보여주었다. 내 배짱에 내가 감탄하면서 의자들을 방으로 가지고 와서는 여기서 피로 좀 풀라고 그들에게 말했고, 나 자신은 완벽한 승리에 도취되어 대담하게도 내 승리의 희생자인 그 노인의 시체가 숨겨져 있는 바로 **그곳**에다 의자를 놓고 앉았다.

경찰들은 만족했다. 나의 **행동**이 그들에게 그런 확신을 준 것이다. 나는 이상하게도 마음이 편했다. 그들은 앉아서, 내가 유쾌하게 대답을 하는 동안 일상적인 이야기들을 했다. 그렇지만 오래가지 않아서 나는 내 얼굴이 창백해지는 게 느껴졌고 이제 제발 그들이 가주었으면 하는 생각이 들었다. 머리가 아팠고, 귀에서는 윙윙거리는 소리가 들리는 듯했다. 그러나 여전히 그들은 앉아서 잡담을 해댔다. 귀를 울리는 소리는 점점 뚜렷해졌다…… 그 소리가 지속되면서 점점 뚜렷해지는 것이다. 나는 이 느낌을 없애기 위해서 보다 거리낌 없이 이야기를 했다. 그러나 그 소리는 지속되었고 명확해졌다. 그리고 결국, 나는 그 소리가 내 귓속에서 나는 소리가 **아니라는** 것을 알게 되었다.

틀림없이 이제 나는 **아주** 창백해 보일 것이다…… 그러나 나는 더 유창하게, 더 높은 목소리로 말을 했다. 그렇지만 그 소리는 점점 커졌다…… 도대체 내가 무엇을 할 수 있겠는가? 그것은 **나지막하고, 희미하고 빠른 소리**였다…… **솜에 싸인 시계가 내는 그런 소리와 매우 비슷한**. 나는 숨을 헐떡였다…… 그렇지만 아직 경찰들은 그 소리를 듣지 못했다. 나는 좀더 빨리, 보다 격렬하게 말했다. 그렇지만 그 소리는 점점 더 커졌다. 나는 일어나서 높은 음조와 격렬한 몸짓으로 사소한 것들에 대해서 논쟁하기 시작했지만, 그럼에도 소리는 점점 더 커졌다. **도대체** 왜 그들은 떠나지 않는 것인가? 나는 그들이 나를 관찰하는 것 때문에 분노하는 척하며 무거운 발걸음으로 마루를 이리저리 걸어 다녔다…… 그러나 그 소리는 여전히 더 커지고 있었다. 오 세상에! 내가 무엇을 **할 수** 있으랴. 나는 화를 내고…… 소리를 지르고…… 욕을 해댔다! 내가 앉아 있던 의자를 흔들고 마루에 그것을 비벼댔지만, 그래도 그 소리는 이런 소리들보다 크게 들렸고 끊임없이 더 커져만 갔다. 그것은 더 커지고…… 더 커지고…… **더 커졌다**! 그래도 그 사람들은 유쾌하게 잡담을 하고 있었고 미소를 지었다. 도대체 이 사람들은 어떻게 이 소리를 듣지 못할 수가 있지? 전능하신 신이시여!…… 아니, 아니, 그들은 들었다! 그들은 의심하고 있다! 그들은 **알고 있다**! 그들은 내 공포를 가지고 놀리고 있는 것이다!…… 이것이 그때 내가 생각한 것이고, 지금도 그렇게 생각하고 있다. 그러나 이 고통보다야 어떤 것이라도 낫겠지! 이러한 조소보다야 어떤 것이라도 참을 수 있겠지! 나는 그 위선적인 미소들을 더 참을 수가 없었다. 소리를 지르지 않으면 죽을 것만 같이 느껴졌다! 그리고 이제…… 다시!…… 들어보라! 더 크게! 더 크게! 더 크게! **더 크게**!

나는 소리쳤다. "이 악당들! 더 이상 시치미 떼지 마라! 내가 한 짓을 다 인정한다! 마룻장을 뜯어보라고! 여기, 여기!…… 이 소리는 그 늙은이의 끔찍한 심장이 뛰는 소리란 말이다."

황금 풍뎅이

이런! 이런! 이 사람은 미쳐 춤추네!
타란툴라 독거미에게 물렸구나.
—『모두가 잘못』

수년 전, 나는 윌리엄 레그랜드라는 이와 친하게 지냈었다. 그는 유서 깊은 위그노 가문 자손이었고 한때는 부유한 생활을 누리기도 했지만 여러 가지 불행들이 겹치는 바람에 곤궁한 지경에 처해 있었다. 그러한 불행에는 굴욕스러운 일들이 따르기 마련이라 그걸 피해보려고 그는 선조들이 대대로 살아온 뉴올리언스를 떠나 사우스캐롤라이나 주 찰스턴 근처의 설리번 섬에 자리를 잡았던 것이다.

이 섬은 아주 이상스러웠다. 바닷모래가 조금 모인 정도라고나 할까. 길이는 고작해야 4킬로미터 정도. 그 폭 또한 400미터를 넘는 곳이 없었다. 거의 보이지도 않는 샛강이 육지와 이 섬 사이의 경계라고 할 수 있는데, 그 샛강은 늪지 새들이 몰려들고 갈대와 진흙으로 뒤덮인 황무지를 스며 나오듯이 느리게 흐르고 있었다. 짐작할 수 있는 대로 이 근처에는 식물들이 귀했고, 그나마 있는 것들은 자그마했다. 어지간히 큰 나무는 눈을 씻고 보아도 찾을 수가 없었다. 서쪽 끝 근처에는 물트리 요새가 있었고 그곳에는 여름이면 찰스턴의 먼지와 더위를 피해 온 사람들이 머무르는 초라한 골조식 건축물들이 서 있었다. 그 서쪽 끝 지역에는 빳빳한 잎이 달린 야자수들이 있었지만, 이 지역을 제외한 섬 전체는 영국의 원예가들이 그토록 귀하게 여기는 달콤한 향내 나는 도금양 덤불이 빼곡하게 덮고 있었다. 이곳에서 이 관목은 때때로 4미터에서 6미터까지도 높이 자라며 사람이 들어가기 어려운 덤불숲을 이루면서 그 향내를 짙게 풍겨내고 있었다.

이 섬에서 아주 구석진 곳, 동쪽 끝부분 지역 관목숲 가장 깊숙한 곳에 레그랜드는 작은 오두막집을 지었고, 내가 우연히 그를 알게 되었을 때쯤부터 그곳에서 살기 시작했다. 서로를 알게 된 지 얼마 지나지 않아 우리는 친한 친구가 되었는데, 그건 이 은둔자에게 흥미와 존경을 불러일으킬 만한 점이 많았기 때문이다. 그는 교육을 제대로 받았으며 비범한 지력을 지니고 있었지만, 염세주의자인 데다가 열정과 우울증이 교대로 찾아오는 비꼬인 성미를 가지고 있었다. 또한 많은 책을 소장하고 있었는데, 거의 읽지는 않았다. 그의 주된 즐거움은 사냥과 낚시, 그리고 조개나 곤충 채집을 위해서 해변과 도금양 관목 사이를 어슬렁거리는 것이었다.

그가 소장하고 있는 곤충 표본은 스바메르담* 같은 곤충 수집가라도 부러워할 만한 것이었다. 이러한 답사에는 늘 '주피터'라고 불리는 늙은 흑인 하인이 따라나섰는데, 그는 집안이 망하기 전 해방되었지만 아무리 위협하고 달래도 스스로가 자신의 권리라고 생각하는 '윌 주인님'의 시중드는 일을 포기하지 않았다. 어쩌면 레그랜드의 친척들이 이 흑인이 머리가 좀 모자란다고 생각하고는, 방랑벽 있는 주인님을 감독하고 지키도록 이런 고집스러운 생각을 그에게 불어넣었을지 모른다는 생각도 들었다. 설리번 섬 정도의 위도라면 겨울이 혹심하지는 않으며 가을에 난방이 필요할 만한 날씨는 거의 없었다. 그러나 18××년, 10월 중순의 어느 날은 유난히도 추운 날씨였다. 그날 해 지기 직전 나는 친구의 오두막으로 가기 위해서 푸른 관목들을 헤쳐나가고 있었다. 그 당시 나는 섬에서 15킬로미터쯤 떨어진 찰스턴에 살고 있었고 오가는 교통수단이 지금보다 훨씬 더 뒤떨어져 있었던 때라 이미 몇 주 동안이나 이 친구를 못 만났던 터였다. 오두막에 도착하여 늘 하던 대로 문을 두드리고는 대답이 없자 어디에 숨겨놓았는지 알고 있었던 열쇠를 꺼내어 문을 열고 들어갔다. 난로에는 따뜻한 불이 활활 타고 있었다. 이

* 얀 스바메르담Jan Swanmerdam은 곤충연구로 유명한 17세기 네델란드의 생물학자이다.

것은 흔치 않은 일이었지만 날씨 탓인지 반갑기만 했다. 나는 외투를 벗고 딱딱 소리를 내면서 타고 있는 통나무 옆에 안락의자를 가져다 놓고 앉아서 집주인이 돌아오기를 잠자코 기다렸다.

해가 지자마자 그들은 돌아왔고 나를 진심으로 반겼다. 주피터는 함박웃음을 지으면서 늪지에서 잡은 새로 저녁을 장만하느라고 바빴다. 레그랜드는 그의 발작 주기 중에서 열정적인 조증의 상태—어떻게 다른 이름을 붙이겠는가?—에 있었다. 아직까지 알려진 바 없는, 새로운 속屬으로 분류해야 하는 쌍각류 조개를 발견했을 뿐만 아니라 주피터의 도움을 받아 전적으로 새로운 종류의 풍뎅이 한 마리를 잡았다고 하며, 그 곤충에 대해서 내일 아침에 내 의견을 듣고 싶다고 그는 덧붙였다.

"오늘 밤은 왜 안 되나?" 나는 활활 타오르는 불가에 손을 비비며 마음속으로 풍뎅이 따윈 몽땅 지옥으로나 꺼져버렸으면 좋겠다고 생각하면서 물었다.

레그랜드는 말했다. "아, 자네가 여기 올 줄 알기만 했어도! 그렇지만 자네를 본 지 그토록 오래되었으니 자네가 하고많은 날 중 하필이면 오늘 찾아올지를 어찌 알았겠나? 집으로 돌아오는 길에 요새에서 나오는 G중위를 만났는데, 어리석게도 그 곤충을 그에게 빌려주었다네. 그러니 자네로서는 내일 아침까지 그 곤충을 보는 것이 불가능하지. 오늘 밤은 여기서 자게. 해가 뜨자마자 내가 주피터를 내려보내겠네…… 그건 정말 세상의 창조물 중 가장 아름다운 것이라네.”

“뭐가?…… 일출이?”

“말도 안 되는 소리! 아니! 그 곤충 말일세. 그건 빛나는 황금빛이야…… 큰 히커리 열매만 한 크기인데…… 등 한쪽 끝에는 흑옥같이 검은 점이 두 개 있고, 또 다른 끝에는 좀더 긴 또 다른 점이 있지. 그 더듬이는……”

여기서 주피터가 끼어들었다. “그건 정말 주석 정도가 **아니었어요**, 윌 주인님. 제가 계속 말씀드리지만요, 그 곤충은 속이나 겉이나 온몸 전체가 진짜 황금이었습지요. 이제까지 그 반만큼이라도 무거운 곤충을 본 적이 없다고요.”

그러자 내가 보기에는 레그랜드가 좀 지나치게 열을 낸다 싶게 대답했다. “그렇다 하더라도 그것 때문에 자네가 새 요리를 태워버려도 되는 건 아니잖아?” 그러더니 그는 나를 보고 말했다. “그 색깔은 주피터의 생각을 뒷받침하기에 충분하지. 그 껍질이 발산하는 금속성 광채보다 더 빛나는 것은 본 적이 없을 테니. 그 문제는 내일 아침 자네가 직접 볼 때까지 판단을 보류해야겠지. 하지만 그동안 모양이 어떻게 생겼는지 정도는 알려줄 수 있네.” 이렇게 말하면서 그는 펜과 잉크가 놓여 있는 작은 책상에 앉았는데, 종이가 없었다. 그는 서랍을 열어 종이를 찾았으나 찾을 수가 없었다.

"그래, 이거면 되지 뭐." 결국 그는 이렇게 말하면서 조끼에서 아주 더러워 보이는 큰 종잇조각을 꺼내더니 그 위에다 펜으로 대충 그림을 그리기 시작했다. 그가 그리고 있는 동안 나는 여전히 으슬으슬한 느낌이 들어 난로 곁자리를 지키고 앉아 있었다. 그림이 완성되자 그는 앉은 채로 그것을 나에게 건네주었다. 그걸 받으려는데 커다란 으르렁 소리와 연이어 문 긁는 소리가 났다. 주피터가 문을 열자 레그랜드가 기르는 큰 뉴펀들랜드종 개가 내 어깨로 뛰어올라서는 마구 비벼댔다. 그전부터 이 집에 오면 내가 그놈에게 잘 대해주었기 때문인 것 같았다. 개의 장난기가 수그러들자 나는 그 종이를 들여다보았는데, 솔직히 말하자면 내 친구가 그린 그림에 적잖이 놀랐다.

"글쎄……" 그걸 몇 분간 들여다본 후에 내가 말했다. "이건 정말 이상한 풍뎅이라고밖에는 말할 수가 없네. 나로서는 전적으로 새로운 것인데, 이전에는 결코 이런 것을 본 적이 없다네…… 이게 해골이 아니라면 말일세. **내가** 보기에 이것은 정말로 해골을 닮은 것 같군."

"해골이라!" 레그랜드가 내 말을 따라 했다. "아…… 그래…… 그림을 그려놓고 보니 그런 모습이 나타나는군. 정말이야. 그 위쪽 두 개의 검은 점은 눈과 같군, 그렇지? 그리고 밑에 있는 좀더 긴 점은 입과 같고…… 게다가 그 전체적인 윤곽이 타원형이니."

"아마 그럴지도 모르지." 나는 말했다. "그렇지만 레그랜드, 자네가 화가는 아니지 않나. 그 풍뎅이의 생김새에 관해 어떤 결론을 내리려면 내일 아침 그걸 직접 볼 때까지 기다려보지."

그는 좀 화가 난 듯이 말했다. "글쎄, 과연 그럴까. 나는 그림에 상당한 솜씨가 있네…… 그렇지 않다고 해도 최소한 잘 그려야 **마땅한데**…… 좋은 선생님들 밑에서 배운 데다가 내가 아주 바보는 아니라고 자부해왔거든."

"그렇다면 자네가 장난을 하고 있는 거겠지. 이것은 정말 그럴듯한 **해골**…… 아니 골상학에서 말하는 해골에 대한 세속적 관점에 따른다면 아주 **멋진** 해골이라고도 말할 수 있어. 그리고 자네가 가진 풍뎅이가 해골을 닮았다면 그건 정말로 세상에서 가장 이상한 풍뎅이임에 틀림없지. 아, 이런 이야기가 나왔으니 말인데 아주 오싹한 미신을 하나 만들어낼 수도 있겠군. 이것에 해골 풍뎅이라든지 혹은 그 비슷한 이름을 붙이는 게 어떤가? 자연사에는 그 비슷한 이름들이 많다네. 그런데 자네가 말한 그 더듬이는 어디 있나?"

"더듬이!" 레그랜드는 이 문제에 관해 이상하게도 열을 내면서 말했다. "틀림없이 더듬이를 알아볼 수 있을 텐데. 나는 그 더듬이를 원래 곤충에 달린 그대로 분명하게 그렸고 그 정도면 충분하리라고 생각했는데."

"그래, 그래, 그랬겠지. 그러나 나로서는 찾을 수가 없군."

나는 그의 성미를 건드리기 싫어 더 이상 말하지 않고 종이를 그에게 건네주었다. 그러나 나는 사태가 진행되는 양상에 상당히 놀라고 있었다. 그가 기분 나빠 하는 것이 오히려 이상했고, 그 풍뎅이 그림으로 말하자면 분명히 더듬이는 보이지 않았으며 전체적으로는 평범한 해골과 아주 **비슷해** 보였기 때문이다.

그는 아주 성깔을 부리면서 그 종이를 받아 구겨서 불속으로 던지려고 하다가 무심코 그림을 한번 보더니 갑자기 거기에서 눈을 떼지 못했다. 그의 얼굴은 검붉어졌다가 바로 창백해졌다가 하기 시작했다. 잠시 동안 그는 앉은자리에서 그 그림을 자세히 들여다보았다. 그러더니 마침내 일어나서는 탁자에서 촛불을 집어 들고 그 방구석에 놓여 있는 선원들이 사물함으로 쓰던 궤짝 위에 앉았다. 여기서 다시 그는 그 종이를 이리저리 돌려가며 열심히 조사했다. 그러나 그는 아무 말도 하지 않았고 그러한 그의 행동에 나는 매우 놀랐다. 하지만 무슨 말을 했다가는 점점 더 뚱해져가는 그의 성질을 악화시킬지도 모른다는 생각이 들었다. 곧 그는 조끼에서 지갑을 꺼내서는 그 종이를 조심스레 넣더니 그것을 그의 책상 속에 넣고 잠가버렸다. 이제 그는 좀더 평정을 되찾은 듯이 보였으나, 처음에 보였던 그의 열정은 완전히 없어져버렸다. 뿌루퉁하다기보다는 넋이 나간 듯이 보였다. 밤이 깊어감에 따라 그는 점점 더 골똘히 생각에 잠겼는데, 내가 아무리 농담을 걸어도 상대를 하지 않았다. 이전에 자주 그랬던 것처럼 그날 밤을 그 오두막에서 보낼 생각이었지만 주인 기분이 그러하니 떠나는 게 낫겠다 싶었다. 그는 묵고 가라고 나를 붙잡지는 않았지만, 내가 떠날 때 평상시 하던 것보다 훨씬 따뜻하게 악수를 했다.

그런 일이 있은 후 한 달쯤 지나서(그동안 나는 레그랜드를 전혀 보지 못했다) 찰스턴에 있는 나에게 그의 하인 주피터가 찾아왔다. 나는 이 착한 흑인 노인이 그렇게 기운이 빠진 것을 본 적이 없어서 무슨 대단히 나쁜 일이라도 내 친구한테 닥친 것이 아닌가 걱정이 되었다.

"아니, 주피터, 무슨 일이야? 자네 주인은 좀 어떤가?"

"솔직히 말씀드리면 주인님은 그리 좋지 않으십니다요."

"좋지 않다고! 그 말을 들으니 정말 속상하군. 어디가 아프다고 하던가?"

"그게! 바로 그게 문제예요!…… 주인님은 아무 데도 아프다고 안 하시는데요…… 그래도 무척 편찮으십니다요."

"**무척** 편찮다고? 주피터, 왜 바로 그렇게 말하지 않았나! 그럼 지금 병석에 누워 있는가?"

"아니요, 그런 식으로 아프신 게 아닙죠!…… 오히려 누우려고 들지를 않아요. 그게 바로 골치 아픈 일이지요. 가엾은 윌 주인님만 생각하면 마음이 천근만근입니다요."

"주피터, 나는 자네 말이 도무지 이해가 안 되네. 주인이 편찮다고 하지 않았는가? 어디가 아프다고 말해주지 않던가?"

"그 문제에 관해 화를 내도 소용이 없지요. 뭘 주인님이 말씀을 안 하시는 것은 문제가 안 돼요. 그렇지만 도대체 왜 주인님은 유령처럼 창백한 얼굴로 머리는 숙이고 어깨는 추켜올린 채 이런 모습으로 다니는 걸까요? 그리고 항상 석판을 가지고 다니면서……"

"무엇을 가지고 다닌다고?"

"석판에 어떤 부호들이 그려진 것인데, 그렇게 이상한 것은 이제껏 본 적이 없습지요. 하여튼 그분은 이상해지고 있어요. 주인님한테서 잠시라도 눈을 떼면 안 되지요. 지난번에는 해가 뜨기도 전에 몰래 빠져나가서는 하루 종일 돌아오지도 않았다니까요. 오기만 하면 흠씬 패주려고 커다란 나무 몽둥이를 만들어놓았는데…… 돌아왔을 때는 너무 가엾어 보여서 결국은 그럴 수가 없었지요."

"뭐? 뭐라고?…… 어, 그래! 자네가 말하는 것을 들으니 내 생각에도 그 가엾은 이에게 자네가 너무 심하게 하지 않는 것이 나을 것 같네…… 주피터, 주인을 때리지는 말게…… 그가 견뎌내지 못할 거야…… 그런데 도대체 무엇 때문에 이런 병이 생겼는지, 아니 무엇 때문에 그의 행동거지에 이런 변화가 일어났는지 혹시 짚이는 것이 없는가? 지난번 내가 다녀간 이후로 무슨 나쁜 일이라도 일어났는가?"

"아니요. 그 이후로 나쁜 일이라고는 없었어요. 제 생각에는 **그 전의** 문제 같아요. 우리 집에 찾아오셨던 바로 그날 말입니다요."

"뭐? 그게 무슨 소리인가?"

"왜 그 벌레 말이죠…… 그거요."

"뭐라고?"

"그 벌레요. 윌 주인님이 그 황금색 벌레에게 머리 어딘가를 물린 게 틀림없어요."

"왜 그런 생각을 하는가, 주피터?"

"그야 그 발이며 주둥이를 보면 알 수 있지요. 나는 그런 빌어먹을 벌레 같은 것은 처음 봤어요. 근처에만 가면 닥치는 대로 발버둥 치고 물어뜯곤 했어요. 윌 주인님이 그놈을 한번 잡았다가는 하도 발버둥 치는 바람에 놓쳐버렸지요. 바로 그때 물린 게 틀림없어요. 저는 그 주둥이 생긴 것이 마음에 안 들기에 손으로 잡기 싫어 근처에 있던 종이로 잡았습지요. 그 종이로 싸고는 주둥이에다가 종이 한 조각을 처넣었는데…… 바로 그렇게 된 겁니다요."

"그러면 자네는 자네 주인이 풍뎅이에 물렸고 그 때문에 병이 났다고 생각하는 건가?"

"생각하는 게 아니고요…… 당연하게 아는 것입지요. 그 황금 벌레에 물린 것 때문이 아니라면 도대체 무엇 때문에 주인님이 황금에 대한 꿈을 꾸는 겁니까? 그 이전에도 황금 벌레에 대한 이야기는 들은 적이 있는데요."

"그렇지만 그가 황금 꿈을 꾸는 것은 어떻게 아는가?"

"어떻게 아느냐고요? 그야 잠꼬대를 하니까 알지요…… 그러니까 아는 거지요."

"글쎄, 아마도 자네가 맞겠지. 그런데 자네가 오늘 어인 일로 황송하게도 나를 방문해주셨는가?"

"왜 이러십니까요?"

"레그랜드 씨가 전하는 말이라도 있는가?"

"아니요. 주인님의 편지를 가지고 왔습지요." 그러면서 주피터는 내게 쪽지를 건네주었는데 그 내용은 이러했다.

친애하는 벗에게

왜 이리 오랫동안 찾아오지 않는가? 설마 지난번 내가 좀 쌀쌀하게 대했다고 해서 화가 난 것은 아니겠지. 그럴 리는 없을 거야.

자네를 만난 이후로 상당히 신경 쓸 일이 있었다네. 자네에게 할 말이 좀 있는데, 도대체 어떻게 말을 해야 할지, 또 과연 이야기를 해야 할지 말아야 할지도 판단이 안 서네.

지난 며칠 동안 나는 썩 좋은 상태는 아니었는데 그 가엾은 늙은이 주피터가 어찌나 신경을 쓰는지 나를 보통 성가시게 하는 게 아냐. 거의 참을 수 없을 정도라네. 내가 이 말을 하면 자네는 믿겠나? 요전 날에는 내가 **혼자서** 집을 살짝 빠져나와 하루 종일 본토의 산속에서 보냈다고 해서 나를 혼내준다고 커다란 나무 몽둥이를 준비해놓지 않았겠나. 내가 아파 보이지만 않았으면 분명 흠씬 얻어 맞았을 거야.

지난번에 만난 이후로는 채집을 더 하지 못했네.

과히 불편치 않다면 주피터와 함께 와주게. **부디** 꼭 와주게. 중요한 일로 자네를 **오늘 밤**에 만나고 싶네. 분명히 말하거니와 이것은 **매우** 중요한 일이라네.

언제나 그대의 벗인
윌리엄 레그랜드

이 편지의 어조는 어쩐지 나를 매우 불안하게 만들었다. 그 전반적인 어투가 레그랜드와는 현저하게 달랐다. 도대체 그는 무슨 꿈을 꾸고 있는 것일까? 쉽게 자극을 받는 그의 마음이 이번에는 또 어떤 새로운 변덕에 사로잡혀 있는 것일까? 도대체 그가 말한 '매우 중요한 일'이란 무엇일까? 주피터가 그의 상태를 설명하는 것으로는 알 도리가 없었다. 연이은 불운에서 오는 중압감에 마침내 내 친구가 이성을 잃고 완전히 미혹된 것은 아닐까 걱정이 되었다. 그런 까닭에 나는 조금도 망설이지 않고 그 흑인 하인을 따라나설 채

비를 차렸다.

부두에 도착하니, 우리가 탈 배의 바닥에 아주 새것처럼 보이는 낫 하나와 삽 세 개가 놓여 있는 것이 눈에 띄었다.

"이게 다 무언가?"

나는 물었다.

"주인님의 낫과 삽이지요."

"그렇겠군. 그런데 이걸로 무얼 하는데?"

"윌 주인님이 저보고 시내에 들어가면 사오라고 고집하신 낫과 삽이지요. 돈도 흔하지, 얼마나 비싸게 주었다고요."

"그런데 도무지 모를 일들이 많기도 하네만, 자네의 '윌 주인님'은 이 낫과 삽으로 무얼 할 작정이라고 하던가?"

"그거야 **저는** 모르지요. 그렇지만 주인님도 모르실 거예요. 그렇지 않으면 제가 손에 장을 지지겠습니다요. 어쨌든 이건 모두 그 벌레 놈 때문이에요."

머릿속이 온통 '그 벌레 놈'으로 꽉 차 있는 주피터로부터는 만족스러운 대답을 얻어낼 수 없다는 걸 알고서 나는 보트에 올랐고 배가 출발했다. 상당히 강한 순풍을 타고 우리는 곧 물트리 요새의 북쪽으로 들어가는 작은 만에 이르렀고, 약 3킬로미터를 걸어서 오두막에 도착했다. 도착 시각은 대략 오후 3시쯤이었다. 레그랜드는 눈이 빠지게 우리를 기다리고 있었다. 그는 거의 신경증이 있는 것처럼 나를 반기면서 내 손을 움켜잡아 나를 놀라게 했고, 내가 품고 있던 의

심은 더욱 심해졌다. 안색은 창백하다 못해 송장 같아 보였으며, 움푹 팬 눈에는 이상스러운 광채가 번뜩이고 있었다. 건강에 관해 몇 마디 물은 후에, 나는 무슨 말을 해야 좋을지 몰라 G중위로부터 그 풍뎅이를 받아 왔는지를 물었다.

그는 얼굴을 심하게 붉히며 말했다. "아, 그럼! 그다음 날 아침 바로 받아 왔지. 무슨 일이 있어도 그 풍뎅이를 내돌리지는 않을 걸세. 주피터가 그놈에 관해 한 말이 정말이었다는 것을 자네는 아는가?"

"어떤 점에서?" 나는 슬프게도 불길한 예감이 드는 것을 느끼면서 물었다.

"주피터가 그 곤충이 **진짜 황금**이라고 말하지 않던가?" 그는 지극히 심각하게 대답했고 나는 말문이 막힐 만큼 충격을 받았다.

그는 승리감에 찬 미소를 지으면서 말을 이었다. "이 곤충은 나에게 돈을 벌어다 줄 거야. 우리 가문의 재산을 되찾게 해줄 거라고. 그러니 내가 이것을 귀히 여기는 것도 당연하지 않은가? 운명의 여신이 그것을 나에게 허락했으니 나는 그걸 적절하게 사용하기만 하면 돼. 그러면 이 벌레가 그 지표 역할을 하고 있는 황금을 손에 넣을 수 있게 되는 거지. 주피터, 그 풍뎅이를 가져오게."

"뭐라고요? 그 벌레를요, 주인님? 저는 그놈과 씨름하고 싶지 않아요. 주인님이 직접 하시지요." 그러자 레그랜드는 일어나서 엄숙하고 장중한 태도로 어떤 유리 상자에서 그 풍뎅이를 꺼내 나에게로 가지고 왔다. 그건 아름다운 풍뎅이었고, 그 당시로서는 생물학자들에게 알려지지 않은지라 과학적인 견지에서 보면 당연히 매우 귀한 것이었다. 등 한쪽 끝에는 검은 점이 두 개 있었고 다른 쪽 끝에는 긴 점이 하나 있었다. 껍질은 무척 딱딱하고 반짝여서 윤을 낸 황금 같았다. 무게 또한 상당한 것이어서 모든 점들을 고려해볼 때 그에 관한 주피터의 생각을 탓할 수만도 없었다. 그러나 도대체 레그랜드가 왜 그러한 주피터의 생각에 장단을 맞추고 있는지는 아무리 해도 알 도리가 없었다.

내가 그 풍뎅이를 들여다보고 나자 그는 과장된 어조로 말했다. "내가 자네를 부르러 보낸 것은 나의 운명과 그 곤충에 관한 견해를 개진하면서 자네의 조언과 원조를 얻기 위해서라네."

나는 그의 말을 가로막으며 소리쳤다. "여보게 레그랜드, 자네는 분명 상태가 좋지 않네. 그러니 미리 조심하는 것이 좋을 것 같아. 자리에 누워야 하네. 자네가 좋아질 때까지 며칠 동안 자네와 함께 있겠네. 자네는 열이 있고 그리고……"

"맥박을 짚어보게." 그가 말했다.

맥박을 짚어보니 솔직히 열이 있는 기미는 전혀 보이지 않았다.

"그렇지만 열은 없어도 몸이 안 좋을 수도 있지 않은가.

이번만이라도 자네에게 하는 말을 들어주게. 당장 침대로 가게. 그다음에는……"

그가 끼어들었다. "자네가 잘못 생각하는 걸세. 이런 흥분 상태에서 이 정도나마 몸이 성한 것도 신기할 정도지. 그러니 만일 내가 괜찮아지길 정말로 바란다면 이 흥분을 좀 가라앉혀 주게."

"어떻게 하면 되겠는가?"

"아주 쉽지. 주피터와 나는 본토의 산으로 탐험을 갈 걸세. 그리고 이 탐험에서 우리는 믿을 수 있는 사람의 도움이 필요해. 자네야말로 우리가 믿을 수 있는 유일한 사람이네. 우리가 이 탐험에서 성공하건 실패하건 간에 지금 자네가 보고 있는 내 흥분이 가라앉을 거라는 점에서 결과는 매한가지일세."

"나야 어쨌든 자네를 도와주고 싶네만, 이 끔찍한 풍뎅이가 자네의 탐험과 어떤 관련이라도 있다고 말하는 건가?" 내가 대답했다.

"그럼, 관계가 있지."

"그렇다면 레그랜드, 나는 그런 터무니없는 탐험의 일원이 될 수는 없네."

"안됐군…… 정말 유감이야…… 그렇다면 우리끼리 하는 수밖에 없지."

"자네들끼리 한다고! 이 사람 정말 미쳤군!…… 그렇다면 잠깐!…… 도대체 얼마나 걸릴 것 같은가?"

"아마 밤새도록 걸릴 걸세. 지금 즉시 출발해서 무슨 일이 있어도 해 뜰 때까지는 돌아올 거니까."

"그러면 자네 명예를 걸고 맹세할 수 있겠나, 이 장난이 끝나고 곤충에 관련된 일(세상에!)이 해결되면 집으로 돌아와 내 충고를 자네 주치의의 충고로 받아들이고 군소리 없이 따르겠다고?"

"그럼, 약속하고말고. 자 이제 가세. 어물거릴 시간이 없네."

무거운 마음으로 나는 친구와 동행을 했다. 우리들은—레그랜드, 주피터, 개 그리고 나—4시경 출발했다. 주피터는 낫과 삽을 혼자서 도맡아 가져가겠다고 고집을 부렸는데, 내가 보기에는 그가 바지런하거나 주인을 잘 섬겨서라기보다는 이러한 연장들을 주인의 손 닿는 곳에 두는 것이 두려워서인 것 같았다. 그의 태도는 매우 완강했고, 길을 가는 동안에 "그 망할 놈의 벌레"라는 말만 줄창 해댔다. 나로 말할 것 같으면 별로 밝지 않은 등불 두 개를 맡아 들고 갔고, 레그랜드는 풍뎅이만을 들었는데 그것을 채찍끈 끝에 매달아서는 마치 마술사처럼 앞뒤로 흔들면서 걸어갔다. 내 친구의 정신이 정상이 아니라는 것을 보여주는 이 결정적인, 너무도 명백한 증거에 나는 눈물이 쏟아질 지경이었다. 그러나 최소한 당분간만이라도, 혹은 내가 성공할 가망이 있는 적극적인 대책을 취할 수 있을 때까지라도 그의 공상에 장단을 맞춰주는 것이 상책이다 싶은 생각이 들었다. 그러는 동안 나는 이 탐험의 목적에 관해 그의 심중을 타진해보려고 무던히도 애를 썼지만 모두 헛일이었다. 같이 길을 나서도록 나를 꾀어내는 데 일단 성공하고 나자 그는 부차적인 문제들에 대해서는 언급도 하기 싫어했으며, 내 모든 질문들에는 "기다려보게나!"라는 말 이외에는 일절 대답을 하지 않았다.

작은 보트를 타고 섬의 초입에 있는 작은 강을 건너서 본토 해변가의 고지대로 오른 후, 우리는 인간의 발이 닿은 흔적이 없는 매우 거칠고 황량한 지대를 통과해 북서쪽 방향으로 나아갔다. 레그랜드는 이전에 자기가 표해놓은 어떤 이정표라도 찾는 듯 간혹 잠깐씩 멈추는 것 이외에는 결단성 있게 길을 인도했다.

그런 식으로 우리는 두어 시간가량을 걸었고 이제껏 보던 것보다 훨씬 더 황량한 지역에 도달했을 때쯤에는 해가 막 지고 있었다. 그곳은 산 정상 가까이에 있는 일종의 고원지대였다. 그 산은 산마루에서 꼭대기까지 나무들이 빼곡히 들어차 있었고 거대한 바위들이 흙 위에 살짝 얹혀 있기 때문에 그것들이 기대고 있는 나무들이 없었다면 당장이라도 굴러떨어질 듯이 보이는, 올라가는 것이 거의 불가능해 보이는 그런 산이었다. 다양한 방향으로 뻗어 있는 깊은 협곡들 때문에 그 장관은 더욱 장엄해 보였다.

우리가 기어오른 그 고원은 가시나무들이 온통 뒤덮고 있어서, 낫을 안 가져왔다면 그곳을 뚫고 지나갈 수가 없을 뻔했다. 주피터가 주인이 시키는 대로 길을 만든 덕분에 우리는 거대하게 치솟은 튤립나무 둥치까지 헤쳐 나갔다. 그 나무는 열 그루 정도의 참나무들과 함께 비슷한 높이로 서 있었는데, 나뭇잎이나 형태의 아름다움, 넓게 퍼진 가지들, 그리고 그 생김새가 풍기는 전체적인 위엄에 있어서 그 옆의 참나무들이나 내가 이제껏 본 모든 나무들과 비교가 되지 않을 정도였다. 우리가 이 나무가 있는 곳까지 가니, 레그랜드는 주피터에게 거기에 올라갈 수 있겠느냐고 물었다. 그 늙은이는 질문에 다소 주저하는 듯 잠시 동안 대답을 하지 않았다. 그러더니 그는 그 거대한 나무로 다가가서는 주위를 천천히 돌면서 세심하게 들여다보았다. 그렇게 조사를 끝내고 나더니 그는 이렇게 말했다.

"그럼요, 주인님. 이놈은 무슨 나무든 못 오르는 나무가 없습지요."

"그러면 빨리 올라가게나. 곧 어두워져서 우리가 찾는 것이 보이지 않을 테니."

"얼마나 높이 올라가야 하는뎁쇼, 주인님?"

"먼저 큰 줄기를 타고 올라가기 시작해, 그러면 거기서 어느 방향으로 올라갈지 말을 해줄 테니까…… 그리고 여기…… 잠깐 기다리게! 이 풍뎅이를 가지고 가게나.”

“그 벌레요, 윌 주인님! 그 황금 벌레요!” 흑인은 놀라서 뒤로 물러서며 소리쳤다. “나무 위에서 그 벌레를 뭐에 쓰게요? 빌어먹을, 절대로 안 합니다!”

“주피터, 자네같이 큰 사람이 해롭지도 않은 쪼그만 죽은 풍뎅이 하나 만지는 것을 두려워하다니. 그러면 이 끈에 매달아서 가지고 가게나. 그렇지만 어떤 식으로든 이걸 가지고 가지 않으면 나는 할 수 없이 이 삽으로 자네 머리를 부숴버릴 수밖에 없겠구먼.”

“도대체 왜 이러십니까요, 주인님?” 주피터는 수치스러워하며 순종할 태세를 보였다. “늙은 검둥이를 진탕 못살게 굴려 하시다니요. 어쨌든 웃기는 말씀이군요. **이놈이** 그 벌레를 무서워하다니! 제가 그깟 벌레에 신경이나 쓰겠습니까요?” 그러면서 그는 조심스럽게 끈의 맨 끝을 잡더니, 상황이 허락하는 한 자기 몸에서 그 벌레를 멀리하면서 나무를 탈 준비를 했다.

미국에서 자라는 나무들 중 가장 큰 나무인 튤립나무는 어릴 때는 줄기가 특히 연하며, 대개는 곁가지를 치지 않고 곧장 위로만 높이 자라난다. 그러다가 나이가 많아지면, 나무껍질이 울퉁불퉁해지고 옹이가 생기면서 나무 몸통에 짧은 가지들이 많이 생겨나는 법이다. 그러니 이 나무도 보기보다는 올라가는 것이 어렵지 않았다. 주피터는 거대한 나무둥치를 있는 힘껏 감싸 안고, 손으로는 옹이들을 잡고 맨 발가락은 다른 옹이들에 대고 지탱하면서 두어 번 떨어질 뻔하더니만, 마침내 첫번째 큰 가지가 갈라져 나가는 데까지 기어 올라갔다. 그러고는 이제 모든 일이 실질적으로 끝났다고 생각하는 양 앉아 있었다. 사실상 그 일에서 **위험**한 부분은 끝났다고 할 수 있었다. 비록 주피터는 땅에서 20여 미터나 올라가 있었지만 말이다.

"이제 어느 방향으로 가야 합니까요, 윌 주인님?" 그는 물었다.

"가장 큰 가지로 가게…… 이쪽 편에 있는." 레그랜드가 말했다. 주피터는 즉각 순종하고는 보기에 별 어려움 없이 점점 더 높이 올라갔고, 마침내 무성한 나뭇잎들에 가려져 그가 웅크리고 있는 모습이 더 이상 보이지 않게 되었다. 곧 이어 그의 목소리가 크게 외치듯이 들려왔다.

"얼마나 더 가야 됩니까요?"

"얼마나 높이 있는가?" 레그랜드가 물었다.

"굉장히 높이요. 나무 꼭대기 사이로 하늘이 보여요." 그가 대답했다.

"하늘 같은 것은 신경 쓰지 말고 내 말을 잘 듣게나. 그 줄기를 내려다보면서 이쪽 편으로 자네 밑에 있는 가지들을 세어보아. 가지를 몇 개나 지나갔는가?"

"하나, 둘, 서이, 너이, 다섯…… 큰 가지를 다섯 개 지나쳤는데요. 이쪽 편으로요."

"그러면 가지 하나를 더 올라가게."

잠시 후 일곱번째 가지에 올랐다고 알리는 목소리가 다시 들렸다.

레그랜드는 상당히 흥분해서 소리쳤다. "주피터, 이제는 그 가지를 타고 할 수 있는 데까지 멀리 나가보게. 이상한 것이 보이면 내게 알리고."

이맘때쯤 해서는 이 가엾은 친구가 미쳤다는 사실에 대한 나의 작은 의심조차도 완전히 사라져버렸다. 이제는 그를 미친 사람으로 낙인찍어버릴밖에는 별다른 도리가 없었으며, 나는 그를 집으로 끌고 갈 일을 심각하게 걱정하기 시작했다. 어찌해야 가장 좋을까를 곰곰이 생각하고 있는 동안 주피터의 목소리가 다시 들렸다.

"이렇게 이 가지를 타고 나가는 것은 굉장히 겁나는 일인데요. 몽땅 썩어 있어서요."

"그게 **썩은** 나무라고 했는가, 주피터?" 레그랜드가 떨리는 목소리로 물었다.

"예, 주인님. 아주 푹 썩었어요. 확실히 썩었어요."

"세상에, 어떡하면 좋지?" 레그랜드가 무척이나 절망한 듯이 물었다.

"집에 가서 자리에 누우면 되지. 이제 가세!…… 그래야 착한 사람이지. 시간도 늦었고, 게다가 자네가 한 약속도 기억하겠지." 나는 끼어들 기회가 생긴 것이 기뻐서 말했다.

"주피터, 내 말 들리나?" 그는 나에게는 조금도 신경을 쓰지 않고 소리쳤다.

"네, 주인님, 잘 들립니다요."

"자네 칼로 그 나무를 찔러서 **많이** 썩었는지 한번 시험해 보게."

"썩었다니까요, 주인님. 틀림없어요. 그렇지만 생각했던 것만큼 썩지는 않았군요. 저 혼자라면 조금 더 나갈 수 있을 텐데." 주피터는 잠시 후에 대답을 했다.

"혼자라면이라니…… 그게 무슨 소리인가?"

"이놈의 벌레 말이에요. 이게 **진짜** 무겁거든요. 이걸 내가 떨어뜨려버리면, 검둥이 한 놈쯤의 무게로 가지가 부러질 것 같지는 않아요."

"이 지독한 악당 같으니라고!" 상당히 안심하는 듯한 눈치를 보이며 레그랜드가 소리쳤다. "그런 말도 안 되는 소리를 지껄이다니. 그 풍뎅이를 떨어뜨렸다간 내가 자네 목을 부러뜨려놓을 테야. 주피터, 여보게, 내 말 들리나?"

"예, 주인님. 이 불쌍한 검둥이에게 그렇게 고래고래 소리를 안 지르셔도 됩니다요."

"좋아! 잘 듣게!…… 만일 자네가 안전하다고 생각하는 데까지 그 가지를 타고 나아가는데, 그 와중에 풍뎅이를 놓치지 않는다면 내려오자마자 은전 한 닢을 줌세."

"갑니다요, 윌 주인님…… 다 왔어요. 가지 끝까지요." 금방 주피터의 대답이 들려왔다.

"**가지 끝까지라고**!" 그러자 레그랜드가 소리쳤다. "자네 가지 끝까지 다 갔다고 했나?"

"이제 끝까지 곧 간다고요…… 주인님…… 오, 오, 오, 세상에! 나무 위에 이게 **뭐지**?"

"그래! 뭐가 있나?" 매우 기뻐하며 레그랜드가 소리쳤다.

"그냥 해골인뎁쇼…… 누군가가 자기 머리를 나무 위에 놔두고 갔어요. 속은 까마귀들이 다 파먹었군요."

"해골이라고 했지!…… 아주 좋아…… 그게 어떻게 가지에 붙어 있나? 무얼로 붙여져 있어?"

"네, 주인님, 들여다봐야지요. 정말로 이건 이상한 일이군요. 해골이 큰 대못에 박혀 나무에 붙어 있는데요."

"좋아, 주피터, 내가 말하는 그대로 하게…… 들리나?"

"네, 주인님."

"그러면 자세히 살펴보게…… 해골의 왼쪽 눈을 찾아."

"흠! 호오, 좋아요! 그런데 눈이라곤 남아 있지 않은데요."*

* 여기서 '왼쪽'과 '남아 있는'의 뜻을 함께 가진 'left'라는 단어를 이용한 말장난pun이 사용되고 있다. 그래서 주피터는 남아 있는 눈을 찾아보라는 말로 잘못 알아듣고 있다.

“멍청하기는! 왼쪽과 오른쪽 구분은 할 수 있나?”

“그럼요, 알다마다요…… 그 정도는 뗄 수 있지요. 제가 장작 패는 손이 바로 왼손이잖아요.”

“그렇지! 자네는 왼손잡이니까. 그러니까 자네 왼쪽 눈은 자네 왼손과 같은 쪽에 있네. 자, 이제 해골의 왼쪽 눈을 찾을 수 있겠지, 왼쪽 눈이 있던 자리 말이야. 찾았는가?”

잠시 긴 침묵이 흘렀다. 마침내 주피터가 물었다.

“그러니까 해골의 왼쪽 눈도 해골의 왼쪽 손과 같은 쪽에 있는 거지요…… 해골은 손이고 뭐고 전혀 없으니까…… 신경 쓰지 말아야지! 이제 왼쪽 눈을 찾았어요. 여기가 왼쪽 눈이에요. 이제 이걸 어떻게 할까요?”

“그 구멍으로 풍뎅이를 늘어뜨리게. 줄이 닿는 데까지 말이야…… 그렇지만 줄을 놓치지 않도록 조심하게나.”

“다 되었습니다요, 윌 주인님. 벌레를 구멍에 집어넣기야 식은 죽 먹기지요…… 밑에서 잘 보고 계세요.”

이러한 대화가 오고 가는 동안에 주피터의 몸은 보이지 않았다. 그러나 그가 내려보낸 풍뎅이는 이제 줄 끝에 매달려서 보이기 시작했는데, 석양의 마지막 햇살을 받아 윤을 낸 황금 공같이 반짝였다. 그 풍뎅이는 다른 가지들과는 꽤 떨어져서 달려 있었고, 만약 그것을 떨어뜨린다면 우리 발치께에 떨어질 것 같았다. 레그랜드는 즉시 낫을 집어 들어서는 그 벌레 바로 밑에서 직경 3, 4미터의 원을 그리더니만 주피터보고 줄을 놓고서 내려오라고 일렀다.

아주 정확하게 풍뎅이가 떨어진 바로 그 자리에 못을 박더니, 내 친구는 주머니에서 줄자를 꺼냈다. 그 못에서 가장 가까운 나무둥치에 이 줄자의 한쪽 끝을 고정시키고는 그것을 풀어 못까지 와서, 그 나무와 못의 두 점을 잇는 방향으로 한 15미터 정도 더 줄자를 풀어나갔다. 그동안 주피터는 낫으로 가시나무들을 잘랐다. 그렇게 도달한 곳에 두번째 못이 박히고, 이것을 중심으로 약 1.2미터 직경의 원 같은 것이 그려졌다. 레그랜드는 삽 하나를 자기가 들고 주피터와 나에게 하나씩 주더니 가능한 한 빨리 땅을 파라고 우리에게 부탁했다.

사실을 말하자면 나로서는 언제라도 그런 종류의 오락을 별로 달가워하는 편이 아니었고, 특히나 그때의 경우는 아주 기꺼이 그것을 거절하고 싶었다. 밤은 다가오고 있었고, 이제까지 한 짓거리들로 벌써 나는 녹초가 되어 있었기 때문이다. 그러나 빠져나갈 도리가 없는 데다가 거절을 하면 불쌍한 내 친구의 평정을 깨뜨릴까 두려워졌다. 정말로 내가 확실히 주피터의 도움만 받을 수 있다면 주저하지 않고 이 미친 사람을 강제로라도 집으로 데려가려고 했을 것이다. 그러나 나와 자기 주인이 싸운다면 어떤 상황에서라도 이 늙은 흑인이 내 편을 들 리가 만무하다는 것을 너무도 잘 알고 있었으므로 그런 방법을 쓸 수도 없었다. 레그랜드가 남부 지방에 떠돌고 있는, 땅에 묻힌 돈에 관한 수많은 미신들 중 하나에 홀렸으며, 그러한 그의 환상이 그 곤충을 잡게 되면서 혹은 주피터가 그것을 '진짜 황금으로 된 곤충'이라고 완강히 주장하는 바람에 더 굳어졌다는 것은 의심의 여지가 없었다. 미치기 쉬운 사람들은 그런 정도의 암시에도 — 특히 그게 이미 자신이 흔히 즐겨 하던 생각과 일치할 때 — 쉽게 미혹되는 법이다. 그러고 보니 이 가엾은 친구가 그 풍뎅이를 "내 운명의 지표"라고 말했던 것이 생각났다. 어쨌든 나는 슬프고 마음이 괴로우면서 혼란스러웠지만, 결국에는 어차피 해야 할 일이라면 기분 좋게 도와주자, 즉 선의를 갖고 땅을 파주자, 그래서 이 친구의 환상이 잘못되었다는 것을 한시라도 빨리 눈으로 직접 보여주자고 결론을 내렸다.

등불을 켠 후에 우리는 모두 일에 착수했는데, 그 열정으로 말하면 좀더 이성적인 대의명분에나 걸맞을 것이었다. 등불의 불빛이 연장을 든 우리의 모습을 비추니, 혹시나 우연히 이곳을 지나가는 사람이 있다면 우리가 얼마나 볼만한 광경이고 얼마나 이상하고 의심스럽게 보일까를 생각하지 않을 수 없었다.

우리는 두 시간 동안 아주 꾸준하게 땅을 파 들어갔다. 말은 거의 오가지 않았다. 제일 당황스러운 것은 개가 계속 짖어댄다는 점이었는데, 그 녀석은 우리가 하는 일에 대단한 관심을 보였다. 결국 개가 너무도 시끄럽게 구는 바람에 혹시나 근처를 지나는 부랑자라도 놀라게 할까 걱정이 되었다. 사실 이것은 레그랜드의 걱정이었다. 나로서는 이 친구를 집으로 데려갈 수 있게 해줄지도 모를 어떤 구실이 생긴다면 기뻐했을 것이다. 마침내 주피터는 심사숙고라도 했다는 태도로 구덩이에서 나가더니 자기 멜빵으로 개의 주둥이를 묶은 후 낄낄 웃으면서 돌아와 자기 일을 계속했고, 그렇게 해서 그 소리는 아주 효과적으로 잠잠해졌다.

앞에서 말했던 두 시간이 다 지나가고 1.5미터 정도 깊이의 구덩이를 팠지만 눈을 씻고 보아도 보물은 나타나지 않았다. 모두가 잠시 멈추었고, 나는 이 우스꽝스러운 일이 끝난 것이기를 바랐다. 레그랜드는 상당히 실망한 것처럼 보이기는 했지만 무언가를 생각하면서 이마의 땀을 닦더니 다시 일을 시작했다. 우리는 1.2미터 직경의 원 안을 모두 판 셈이었고, 조금 더 그 경계를 넓힌 후 좀더 깊이 파 들어갔다. 그렇지만 아무런 일도 일어나지 않았다. 내가 진심으로 가엾게 여기고 있는 이 '황금을 찾는 이'는 무척 침통한 실망의 빛을 보이더니 마침내 그 구덩이에서 기어 올라가서는 천천히 그리고 마지못해 처음에 일을 시작할 때 벗어 던졌던 외투를 집어 들었다. 그러는 동안에 나는 아무런 말도 하지 않았다. 주피터는 주인의 이런 신호에 연장을 모으기 시작했다. 이렇게 마무리하고, 개 주둥이도 풀어주고서 우리는 깊은 침묵 속에 집으로 향했다.

아마 집을 향해 열두어 걸음쯤 갔을 때였다. 레그랜드가 큰 소리로 욕설을 퍼부으면서 주피터에게 성큼 다가가더니 멱살을 움켜쥐었다. 놀란 주피터는 눈을 크게 뜨고 입을 크게 벌리더니 삽들을 떨어뜨리고는 무릎을 꿇었다.

"이 몹쓸 놈 같으니!" 레그랜드가 이를 악물고 말을 뱉어냈다. "이 극악무도한 자식!⋯⋯ 말해봐! 대답해보라고! 얼버무리지 말고 당장 대답해! 어느 쪽이 네 왼쪽 눈이냐?"

"아, 세상에, 윌 주인님! 이쪽이 확실히 제 왼쪽 눈 아닙니까?" 겁에 질린 주피터가 자신의 **오른쪽** 눈에 손을 가져다 대더니 마치 주인이 당장이라도 눈을 빼내려고 할까 봐 겁을 먹은 듯 필사적으로 손을 치우지 않고 대고 있었다.

"그렇게 생각했어!⋯⋯ 그럴 줄 알았다고! 야호!" 레그랜드는 주피터를 풀어주고는 몇 차례 겅중겅중 뛰고 재주넘기를 하면서 소리쳤고, 그의 하인은 너무도 놀라며 일어나더니 말없이 주인과 나를 번갈아 보고 있었다.

"가세! 돌아가야 해, 게임은 아직 안 끝났어." 레그랜드는 이렇게 말하면서 다시 튤립나무가 있는 곳으로 갔다.

그 나무둥치에 이르자 그가 말했다. "주피터, 이리 와보게! 그 해골이 얼굴을 밖으로 향해서 가지에 박혀 있었나, 아니면 가지를 보고 있었나?"

"얼굴이 바깥을 향하고 있었습죠, 주인님. 그러니까 까마

귀가 애먹지 않고 눈알까지 먹어치웠겠지요."

"좋아, 그러면 자네가 그 풍뎅이를 떨어뜨린 것은 이쪽 눈이었나, 아니면 이쪽 눈이었나?" 이 말을 하면서 레그랜드는 주피터의 양쪽 눈을 번갈아 짚었다.

"이쪽 눈이었습죠, 주인님…… 왼쪽 눈요…… 주인님이 말씀하신 대로요." 그러면서 주피터가 가리킨 것은 오른쪽 눈이었다.

"그러면 됐네…… 다시 해야 해."

이러고 있는 친구를 보면서 나는 광기에도 어떤 조리가 있다는 것을 감지할 수 있었다. 혹은 그렇게 내가 생각했을 수도 있다. 레그랜드는 풍뎅이가 떨어진 위치를 표시했던 못을 뽑아서는 먼저 있던 자리보다 서쪽으로 약 9센티미터 가량 옮겼다. 그러고는 그 못에서 가장 가까운 나무둥치로부터 줄자를 펴서는 직선으로 15미터 정도 나아갔더니 우리가 처음 팠던 곳으로부터 몇 미터 떨어진 곳에 한 위치가 정해졌다.

그는 그 새로운 위치를 중심으로 이전 것보다 조금 더 큰 원을 그렸고 우리는 다시 삽을 들고 일을 시작했다. 나는 지쳐서 죽을 지경이었지만, 도대체 무엇 때문에 생각이 바뀌었는지는 몰라도 이제는 그 일이 그리 싫지는 않았다. 설명할 수는 없지만 어쨌든 나는 상당한 흥미를 느끼기 시작한 것이다. 아니 흥분했다고 말하는 것이 옳을지도 모르겠다.

어쩌면 레그랜드의 터무니없는 행동 속에 내비치는 어떤 선견지명, 혹은 신중한 태도 때문에 나도 그렇게 바뀌었는지도 모르겠다. 나는 열심히 땅을 팠고, 그러면서 때때로 기대감과 아주 유사한 감정을 가지고 내가 그 상상 속의 보물을 찾고 있다는 것을 깨달았다. 내 불쌍한 친구의 정신을 흐리게 한 바로 그 보물의 환상을 나도 보고 있었던 것이다. 우리가 일을 시작한 지는 대략 한 시간 반쯤 되었고, 그런 이상스러운 생각이 나를 온통 사로잡고 있을 때, 개가 격렬하게 짖기 시작했다. 먼젓번에 개가 그토록 짖어댔던 건 분명 어떤 장난기나 변덕에 기인한 것이었는데, 이번에는 아주 맹렬하면서도 심각하게 짖어대는 것이었다. 주피터가 다시 한번 재갈을 물리려 하자 개는 광폭하게 반항하더니 그 구덩이로 뛰어들어서는 앞발로 미친 듯이 땅을 파헤치기 시작했다. 그러자 잠시 후에 사람 뼈가 한 무더기 나왔는데, 두 사람의 해골로 보였고, 몇 개의 금속 단추들과 썩은 모직물같이 보이는 것도 섞여 나왔다. 한두 번 더 삽질을 하니 커다란 스페인 칼날이, 그리고 조금 더 파 내려가니 금화와 은화 서너 개 정도가 눈에 띄었다.

이것을 보더니 주피터는 기쁨을 억누를 수 없는 것 같았지만, 주인의 얼굴에는 대단히 실망한 빛이 떠올랐다. 그러나 그는 우리에게 다시 일을 계속하라고 재촉했는데, 그 말이 채 떨어지기도 전에 나는 파헤쳐진 땅속에 반쯤 묻혀 있는 큰 쇠고리에 발이 걸려 넘어져 앞으로 굴렀다.

이제 우리는 진지하게 작업을 했다. 그 당시의 10분보다 더 심하게 흥분해본 적은 없는 것 같았다. 그러는 동안 우리는 직사각형으로 된 나무 궤짝을 거의 파냈는데, 그것은 완벽한 보존 상태와 놀라운 강도로 미루어볼 때 분명히 어떤 화학 처리, 아마도 염화 제이수은 처리를 한 것 같았다. 이 궤짝의 길이는 105센티, 너비는 90에 깊이는 75센티미터 정도 되었다. 정련한 철띠로 단단히 묶여 고정되었고 못이 박혀 있어, 전체적으로는 일종의 조잡한 격자무늬처럼 보였다. 궤짝 양옆으로는 뚜껑 가까이에 쇠고리가 세 개씩 있어서 모두 여섯 개가 되는 셈인데, 그것을 잡고 여섯 사람이 궤짝을 든든하게 들어 올릴 수 있었던 모양이었다. 그러니 우리가 아무리 애를 써서 힘을 합쳐도 그 궤짝을 있는 자리에서 아주 조금 움직일 수 있을 정도밖에는 안 되었다. 우리는 그런 무게의 짐을 옮기는 것이 불가능하다는 것을 바로 알아차렸다. 다행히도 뚜껑을 고정시켜놓은 것은 두 개의 여닫이 걸쇠였다. 우리는 이것을 잡아 뽑았다 — 열망으로 떨며 숨을 헐떡이면서. 다음 순간 가치를 헤아릴 수 없는 보물들이 빛을 발하며 우리 앞에 펼쳐졌다. 등불을 구덩이 안에 비추니 금과 보석이 뒤섞인 더미로부터 광채가 번쩍이며 올라와 눈이 부실 지경이었다.

내가 그것을 보았을 때 느낀 감정을 설명하려고 하면 흥

내도 못 낼 것이다. 물론 놀라움이 가장 컸다. 레그랜드는 흥분으로 거의 기진맥진한 것처럼 보였으며 말을 거의 하지 않았다. 주피터의 경우는 잠시 동안 검은 얼굴이 창백해질 수 있는 만큼 창백해졌다. 그는 번개라도 맞은 듯 망연자실해 있었다. 그러고는 구덩이에서 주저앉더니만, 그 팔꿈치까지 보물에 파묻고는 마치 호화로운 목욕을 즐기기라도 하듯이 그대로 있었다. 마침내 깊은 한숨을 쉬면서 독백이라도 하듯 그가 소리쳤다.

"그런데 이게 모두 그 황금 벌레 덕이란 말이지! 귀여운 황금 벌레! 가엾은 황금 벌레! 내가 그토록 야만적으로 화를 내다니! 이 검둥이야, 너 자신이 부끄럽지도 않냐!…… 대답 좀 해봐!"

결국은 이 주인과 하인을 일깨워 보물을 옮길 궁리는 내가 맡아야만 했다. 점점 시간이 흐르고 있었고 해가 뜨기 전에 모든 것을 집 안으로 옮겨놓아야만 했다. 어찌해야 할지를 결정하기가 어려웠고, 그것을 생각해내느라고 오랜 시간을 보냈다. 제각기 내놓는 생각들이란 모두 혼란스러운 것뿐이었다. 우리는 궤짝 속에 든 것을 약 3분의 2가량 덜어내어 궤짝을 가볍게 한 다음에야 상당히 애를 먹으면서 마침내 그것을 구덩이에서 들어 올릴 수 있었다. 꺼낸 물건들은 가시나무 덤불 속에 숨겨놓았고, 주피터에게 어떤 핑계가 있어도 우리가 돌아올 때까지 그 자리에서 움직이지도 말고 입을 열지도 말라고 엄하게 명령하고는 그것을 지키라고 개도 남겨놓았다. 그리고 우리는 급히 그 궤짝을 들고 집으로 향했다. 무사히 오두막에 도착하기는 했지만 엄청 힘이 들었고 벌써 새벽 1시였다. 완전히 녹초가 되어서 당장 일을 더 하는 것은 인간의 힘을 넘어서는 것이라고 생각되었다. 그래서 저녁을 먹으며 2시까지 쉬었다. 그러고는 마침 집에 있던 세 개의 튼튼한 배낭으로 무장을 하고는 즉시 산으로 향했다. 4시 조금 전에 우리는 구덩이에 도착했고, 남은 전리품들을 가능한 한 똑같이 나누고는 구덩이를 덮지 않은 채로 오두막으로 향해, 희미한 새벽빛이 동쪽의 나무 꼭대기 위로 막 올라올 때쯤 해서 우리의 황금 짐덩이를 두번째로 내려놓을 수 있었다.

우리는 이제 완전히 녹초가 되었다. 그러나 너무도 흥분이 되어서 쉴 수가 없었다. 서너 시간 정도를 뒤척이며 잠자리에서 보낸 후 우리는 미리 짜기라도 한 듯 일어나 우리의 보물을 조사했다.

궤짝은 꽉 차 있었고, 그 속에 든 것을 살펴보는 데는 하루하고도 그다음 날 밤까지 오랜 시간이 걸렸다. 어떤 질서나 정돈되어 있는 흔적 같은 것은 없었다. 모든 것이 뒤죽박죽으로 쌓여 있었다. 그것들을 세심하게 분류해보니 우리가 처음에 짐작했던 것보다 훨씬 더 큰 재산을 가지게 된 것이었다. 금화는 시대적 가치를 따져 가능한 한 정확하게 계산해보니 45만 달러어치 이상이었다. 은화는 하나도 없었고 모든 것이 금이었으며 오랜 세월이 지난 것이고 별의별 종류가 다 있었다. 프랑스 금화, 스페인 금화, 독일 금화, 그리고 몇 개의 영국 기니들, 그리고 이전에 보지 못했던 종류의 금속 화폐들도 있었다. 아주 크고 무거운 금화들도 있었는데, 그것들은 너무 닳아서 무어라고 새겨져 있는지 읽어낼 수가 없었다. 미국 돈은 없었다. 보석들의 가치는 따져보기가 더 어려웠다. 다이아몬드가—어떤 것들은 아주 크고도 훌륭했다—모두 110개인데 죄다 큰 것뿐이었다. 매우 광채가 나는 루비가 18개, 한결같이 매우 아름다운 에메랄드 310개, 사파이어 21개, 그리고 오팔이 1개 있었다. 이 보석들은 모두 원래 박혀 있었던 장신구에서 빼내서 나석으로 궤짝에 던져졌던 것이다. 그 장신구들은 다른 금붙이들 속에서 나왔는데, 누가 알아보는 것을 방지하려는 듯 망치로 두들겨져 있었다. 거의 200여 개에 달하는 반지와 귀고리, 내가 기억하는 대로라면 30여 개나 되는 두꺼운 금줄, 아주 크고 무거운 십자가 83개, 엄청나게 가치 있는 금향로 다섯 개, 포도나무 잎들과 술 마시는 이들이 화려하게 양각된 엄청나게 큰 금그릇, 정교하게 세공된 칼 손잡이 두 개, 그리고 이제는 기억조차 나지 않는 많은 소품들, 이러한 보물들의 무게는 160킬로그램을 넘었다. 더욱이 이러한 계산에는 멋진 금시계 197개가 빠져 있었다. 이 시계들 중 세 개를 하나로만 쳐도 각각 500달러가 넘을 것이다. 그중 많은 것은 너무 오래되어서 시계로서의 가치가 없었다. 다소 녹이 슬기도 했다. 그러나 모두 보석들이 가득 박혀 있고 어떤 보석은 아주 귀한 것이기도 했다. 우리는 그날 밤 그 궤짝의 물건들이 대충 150만 달러 정도는 될 것이라고 추정했었다. 그러나 후에 장신구들과 보석을 처분해보니(몇 개만 우리가 쓰려고 남겨놓았었다) 우리가 그 보물의 가치를 아주 과소평가했다는 것을 알게 되었다.

마침내 조사가 끝나고 격심한 흥분이 어느 정도 가라앉았을 때, 레그랜드는 내가 이렇게 신기한 수수께끼에 대한 설명을 듣고 싶어 죽을 지경이라는 것을 알고는 그에 관련된 모든 상황을 아주 자세하게 설명해주기 시작했다.

"자네도 기억할 걸세. 내가 풍뎅이를 대충 그려서 자네에게 건네주었던 날 밤을. 내 그림이 해골 같다고 자네가 말하는 바람에 내가 아주 기분 나빠했던 것도 기억날 거고. 처음에 그런 말을 했을 때 나는 자네가 농담하고 있는 줄 알았네. 그러다가 그 곤충의 등에 이상한 점이 있는 것이 생각나서 자네가 한 말이 그 때문이 아닌지 이해해보려고 했지. 그래도 역시 자네가 내 그림 솜씨를 비웃은 것에 대해서는 화가 나더군. 왜냐하면 나는 꽤 괜찮은 화가로 알려져 있거든. 그래서 자네가 나에게 양피지 조각을 건네었을 때 그것을 구겨서 불속에 집어 던지려고 했었지."

“양피지 조각이 아니라 종잇조각이겠지.” 내가 말했다.

“아니야, 그게 종이처럼 보이기는 하지. 그리고 나도 처음에는 그렇게 생각했어. 그러나 그 위에 그림을 그리다 보니 곧바로 그것이 아주 얇은 양피지 조각이라는 것을 알 수 있었네. 자네도 기억나겠지만 그건 정말 더러웠지. 그런데 그것을 막 구겨버리려고 할 때 자네가 보고 있던 내 그림에 우연히 눈이 갔지. 그러고는 내가 풍뎅이를 그린 바로 그곳에 실지로 해골 그림이 있는 것을 알았을 때, 내가 얼마나 놀랐을지 상상할 수 있겠나? 잠시 동안은 정신을 차릴 수 없을 만큼 너무도 놀랐지. 내가 그린 그림은 세세한 점에서 해골과 아주 달랐거든. 비록 전반적인 윤곽으로 볼 때 어떤 유사성이 있기는 했지만. 즉시 나는 양초를 들고서 방 한구석에 앉아 양피지를 좀더 자세히 조사해보았네. 뒤집어보니 뒷면에는 내가 그린 그림이 그대로 있었네. 처음에는 그 윤곽이 너무도 비슷한 것에 놀라지 않을 수 없었지. 내가 그린 곤충 그림 바로 반대편에 해골이 있고, 이 해골이 윤곽뿐만 아니라 크기까지 내 그림과 아주 비슷하다는 사실이 얼마나 이상한 우연의 일치인가 하고 말이야. 이런 너무도 이상스런 우연의 일치 때문에 나는 잠시 동안 망연자실했다네. 그게 이런 우연의 일치에 대한 일반적인 반응이지. 정신은 어떤 연관성 — 인과관계 — 을 찾아보려고 애를 쓰다가, 그렇게 할 수 없다면 일종의 일시적인 마비를 겪게 되는 거지. 그렇지만 내가 이러한 마비 상태에서 회복했을 때, 나에게 어떤 확신 같은 것이 떠오르게 되었는데, 그게 이 우연의 일치보다 더 놀랍더란 말이야. 나는 뚜렷이, 그리고 분명히 기억이 나기 시작한 거야. 내가 그 풍뎅이 그림을 양피지에 그릴 때만 해도 거기에는 아무 그림도 **없었다는** 것을. 이것을 확신할 수 있는 것이, 내가 그림을 그릴 때 제일 깨끗한 부분을 찾기 위해서 양피지를 이리저리 돌려 봤던 게 생각났거든. 만일 해골 그림이 거기 있었더라면 그걸 못 보았을 리가 없지. 이게 바로 설명할 수 없는 수수께끼였어. 그러나 이러한 초기 단계에서도 내 지력의 가장 구석진 비밀스러운 부분에서는 진실에 대한 생각이 희미하게나마 반딧불같이 빛나고 있었다네. 바로 어젯밤의 모험에서 극적으로 밝혀진 그 진실이 말이야. 나는 곧 일어나서 양피지를 잘 치워놓고는 혼자가 될 때까지 더 이상 생각을 하지 않기로 했지.

자네가 가고 주피터가 잠들고 나서, 나는 이 일에 대해 좀 더 체계적인 조사를 하기 시작했어. 가장 먼저 그 양피지가 내 손에 들어오게 된 과정을 생각해보았네. 우리가 그 곤충을 발견한 장소는 섬에서 동쪽으로 1킬로미터 남짓 떨어져 있는데, 최고 만조 때 바닷물이 닿는 곳에서 가까운 거리에 있었지. 내가 그 곤충을 잡았는데 그놈이 너무 아프게 무는 바람에 놓쳐버렸지. 주피터는 자기 앞으로 날아온 곤충을 잡으려 하면서, 여느 때처럼 조심성 있게 그걸 싸서 잡을 수 있는 나뭇잎이나 그 비슷한 것이 주위에 있나 둘러보았네. 바로 그때 그와 나에게 동시에 이 양피지 조각이 눈에 띈 거야. 그 당시는 종이라고 생각했지만 말이야. 그건 한쪽이 땅위에 나온 채로 반쯤 모래 속에 묻혀 있었네. 우리가 그것을 발견한 곳 근처에서, 나는 배에 적재되었던 보트처럼 보이는 선체의 잔해를 보았네. 그 잔해는 거기에 아주 오랫동안 있었던 것처럼 보였어. 왜냐하면 그것을 보트 파편으로 알아보기가 어려울 정도였으니까.

주피터가 양피지를 집어 들고는 그걸로 풍뎅이를 싸서 나에게 건네주었지. 곧 우리는 집으로 향했고, 돌아오는 길에 G중위를 만난 거야. 나는 그에게 곤충을 보여주었고, 그는 그것을 요새로 가져가게 빌려달라고 애걸을 했지. 내가 그러라고 하니까, 그는 곤충을 즉시 자기 조끼 주머니에 집어넣었어. 그걸 쌌던 양피지는 놔두고. 그것은 그가 곤충을 들여다보고 있는 동안 내가 손에 들고 있었지. 그는 내 마음이 바뀔까 봐 겁이 나서 그 물건을 당장 자기 수중에 넣는 것이 최상의 방책이라고 생각했겠지. 자네도 알다시피 그는 자연사에 관한 한 어떤 것에든지 열광적이지 않나? 그와 동시에 나 역시 별생각 없이 그 양피지를 내 주머니 속에 넣었다네.

내가 그 풍뎅이 그림을 그리려고 책상으로 갔을 때 종이가 없었던 것이 기억날 걸세. 서랍도 찾아보았지만 없더군. 그래서 혹시 오래된 편지라도 있나 하고 내 주머니를 뒤지

다가 양피지가 손에 잡힌 거지. 이게 바로 양피지를 손에 넣게 된 과정이야. 이런 상황들은 정말 인상적이지 않나. 그래서 나도 자세히 이야기를 한 거지만 말이야.

틀림없이 자네는 내가 공상에 빠져 있다고 생각하겠지. 그렇지만 나는 이미 일종의 **인과관계**를 연결시킨 것이라네. 큰 사슬의 두 고리를 연결시킨 것이지. 해변가에 놓여 있는 보트가 있고 그 보트에서 멀지 않은 곳에 해골 그림이 그려진 양피지가 있었다네. **종이가 아니란 말일세**. 자네는 물론 '그게 어떻게 연결이 되나?' 하고 묻겠지. 내 대답은 잘 알려진 대로 해골은 해적의 표지라는 거야. 해적들이 일을 할 때는 해골이 그려진 깃발이 올라가게 마련이지.

그 조각이 종이가 아닌 양피지라고 말했지 않나. 양피지는 오래가지. 거의 영구적이라고 할 만큼. 중요치 않은 내용을 양피지에 쓰는 일은 거의 없네. 왜냐하면 일상적으로 그림을 그리거나 글씨를 쓰기에는 양피지가 종이만큼 편하지도 않거든. 이런 생각을 하다 보니 해골이 가진 어떤 의미가…… 어떤 관련성이…… 떠오르는 것 같았네. 또한 그 양피지의 모양도 자세히 조사를 했지. 비록 그 한끝이 어떤 사고 때문인지는 모르지만 훼손되어 있어도, 원래의 형태가 직사각형이었다는 것은 알 수 있었지. 그것은 무언가 오랫동안 기억되고 잘 보전되어야 할 것을 기록하기 위한 메모 용지로 사용된 거지."

내가 끼어들었다. "그렇지만 자네가 풍뎅이 그림을 그렸을 때는 해골이 **없었다**고 하지 않았나. 그렇다면 어떻게 배와 해골 사이의 연관성을 감지할 수 있지?…… 왜냐하면 자네 말에 따르자면 해골이라는 것은 자네가 풍뎅이를 그린 후에 누군가가(누구에 의해서 어떻게 그런 일이 일어날 수 있는지는 누가 알겠는가?) 그려놓았다는 것 아닌가?"

"아, 이 문제에 모든 수수께끼가 걸려 있는 거지. 비록 나 같은 경우는 여기서부터 그 수수께끼를 푸는 데 비교적 별 어려움이 없었지만 말이야. 내가 쓰는 수단은 확실하고, 확실한 결과를 내어놓지. 예를 들면 나는 이렇게 추론했네. '내가 풍뎅이를 그릴 때 그 양피지에 해골 그림은 보이지 않았다. 내가 그림을 그려서 자네에게 넘겨주고 자네가 그것을 나에게 돌려줄 때까지 자네를 자세히 보고 있었다. 그러니까 **자네**는 그 해골을 그리지 않았고 달리 그럴 사람도 없었다. 그러니까 그건 인간이 한 일이 아니지만, 그럼에도 불구하고 그려진 거다'라고 말이야.

이런 생각들을 하는 단계에서, 나는 그 문제의 시간 사이에 일어난 모든 일들을 기억해내려고 애를 썼고, 그리고 모든 것을 생생하게 기억해내었다네. 날씨가 쌀쌀해서(아, 얼마나 드문 일이며 또한 다행한 일인가!) 난로에는 불이 활활 타고 있었지. 나는 활동을 하고 들어온 터라 더워서 책상 근처에 앉아 있었지. 그렇지만 자네는 난로 가까이 의자를 당겨놓고 있었고. 내가 그 양피지를 자네에게 넘겨주고 자네가 그것을 막 보려고 할 때 뉴펀들랜드 개 '울프'가 들어와서는 자네 어깨를 핥지 않았는가. 자네는 왼손으로 개를 쓰다듬어주면서 떠밀어냈고, 양피지를 들고 있던 오른손은 무릎 사이에 늘어져 있어서 불에 아주 가까웠지. 한순간 나는 거기에 불이 붙을까 봐 자네에게 주의를 주려고까지 했는데 바로 그때 자네가 그것을 들고 들여다보기 시작했던 거야. 이 모든 것들을 세심하게 고려해볼 때, 내가 보았던 그 해골 그림을 드러나게 한 것이 **불기운**이라는 것에는 의심의 여지가 없었네. 자네도 잘 알다시피 종이나 양피지에 글씨를 쓴 후에 불에 비춰 보았을 때만 그 글자가 나타나도록 하는 그런 화학적 처리 방법이 아주 오랜 옛날부터 있었지 않은가. 때로는 산화코발트 불순물을 염산질산혼합액에 녹이고 네 배의 물에 희석해서 쓰기도 하는데 그러면 초록빛이 나타나지. 코발트 불순물을 질산칼륨에 녹여 사용하면 붉은색이 나오고 말이야. 이 색들은 시간이 지나 종이가 식으면 사라지지만 열을 가하면 도로 나타나게 되지.

그다음에 나는 해골을 자세히 들여다보았네. 그 바깥 부분은 — 양피지 가장자리에 가까운 쪽 그림 말일세 — 다른 부분보다 훨씬 더 **선명했어**. 그러니까 열의 작용이 불완전했거나 고르지 못했다는 것이지. 그래서 즉시 불을 지펴서 양피지에 골고루 쬐어보았네. 그런데 그 일을 하고 있는 동안 양피지 한구석 해골이 그려진 곳의 대각선 맞은편에 언뜻 염소처럼 보이는 그림이 나타나지 않겠는가. 그렇지만 자세히 보니 그건 새끼 염소kid를 그리려고 했던 것임을 알 수 있었네."

내가 말했다. "하! 하! 분명 나는 자네를 보고 웃을 자격이 없네만…… 150만 달러는 웃어넘기기에 너무 큰돈이지…… 그러나 자네는 그 사슬에 세번째 고리를 끼우려고 하는군…… 자네가 말하는 해적들과 염소는 아무런 특별한 연관성이 없지 않은가…… 자네도 알지 않나? 해적들은 염소하고는 관련이 없다는 것을. 염소들이야 농장 일을 좋아하는 사람들하고나 연관이 되지."

"내가 그 그림이 염소 그림이 **아니라고** 말했잖은가?"

"정확히는 새끼 염소라고 했지…… 업어치나 메치나 같은 소리 아닌가."

레그랜드가 말했다. "비슷하긴 하지만 완전히 같은 것은 아니지. 자네도 키드Kidd 선장 이야기는 들어보았을 걸세. 나는 즉시 그 동물 그림을 일종의 동음이의어의 장난이나 상형문자로 된 서명으로 파악했어. 내가 서명이라고 말한 것은 그것이 양피지 위에 그려진 위치 때문이야. 그것과 대각선 맞은편에 있는 해골 또한 유사하게 어떤 인장과 같은 인상을 풍겼지. 그렇지만 그 외에 다른 것…… 내가 상상하고 있는 문서의 내용…… 글 속에서의 본문이 없다는 것은 난처한 일이었지."

"그러니까 인장과 서명 사이에 편지라도 발견하게 되기를 기대했다는 거군."

"그 비슷한 것이지. 사실은 뭔가 엄청나게 큰 행운이 다가오고 있는 듯한 예감이 저항할 수 없으리만치 밀려오더라고. 도대체 왜 그랬는지를 말하라면 할 수도 없으면서 말이야. 아마도 그건 궁극적으로는 실제적인 믿음이라기보다는 바람이었다고 할 수 있을 거야. 그렇지만 그 곤충이 황금으로 만들어졌다는 주피터의 실없는 말이 나의 상상력에 상당한 영향을 끼쳤다는 것을 아는가? 그러고는 일련의 사건들과 우연들 — 이것들은 **아주** 특별한 것들이었지. 이게 얼마나 우연한 일들의 결과인지는 자네도 알지 않는가. 이 사건들이 1년 중 **하필이면** 불을 피울 만큼 쌀쌀한 날씨에 일어났다든지, 불이 없었더라면, 혹은 바로 그 순간에 개가 뛰어들지 않았더라면 나는 해골을 볼 수가 없었을 것이고 그랬다면 보물을 가지게 되지도 못했으리라는 것들을……"

"그래. 계속 말해보게. 궁금해서 못 참겠네."

"물론 자네도 들어봤을 거야. 키드 선장과 그 부하들이 대서양 연안 어딘가에 묻어놓았다는 돈에 관한 수천 가지 막연한 소문들이 떠돌고 있지 않은가. 이 소문들은 어느 정도는 사실에 근거를 둔 것임에는 틀림없지. 그리고 그러한 소문이 그토록 오래, 그리고 그토록 끊임없이 계속되는 것은 그 땅에 묻힌 보물이 여전히 **발견되지 않았기** 때문에 가능한 것이지 않겠는가? 만일 키드 선장이 그의 약탈품들을 잠시 숨겨놓았다가 나중에 다시 꺼내었다면 지금처럼 동일한 형태로 그 소문들이 우리에게까지 전해지고 있을 리가 없을 테니까. 온통 보물을 찾는 이들에 대한 이야기지 보물을 발견한 사람들에 대한 이야기는 없다는 것쯤은 자네도 알겠지. 내가 보기에는 어떤 사정이 있어서 — 말하자면 그 위치를 표시한 비망록이 분실됐다든가 하는 일들 말일세 — 그는 그것을 되찾지 못했을 것이고, 이것이 그를 따라다니던 사람들에게 알려진 것 같아. 이들은 그런 일이 없었더라면 보물이 숨겨진 이야기도 듣지 못했겠지만. 그때부터는 그것을 자기들이 되찾아보려고 바쁘게 움직였지만 도움이 될 만한 정보가 없기에 헛수고만 했을 뿐이고, 그래서 지금은 너무도 흔한 그런 소문들이 세상에 떠돌게 된 것이지. 자네는 상당한 보물들이 대서양 연안에서 발굴되었다는 이야기를 들어본 적이 있나?"

"아니 전혀."

"그렇지만 키드 선장의 보물들이 엄청나다는 것은 잘 알려져 있지. 그러니까 그것들이 아직 땅속에 묻혀 있는 것은 당연한 이야기라고 보네. 그러니까 그 이상하게 발견된 양피지가 보물이 묻힌 장소를 기록하고 있을 거라는 희망, 거의 확신에 가까운 희망을 내가 품었다고 말해도 자네는 놀라지 않겠지.”

“그런데 어떤 방식으로 작업을 했나?”

“불을 더 피운 후에 양피지를 다시 불에 쬐어보았네만 아무것도 나타나지 않았어. 나는 양피지를 덮고 있는 먼지 때문에 그럴지도 모른다고 생각을 했지. 그래서 그 위에 미지근한 물을 부어서 양피지를 씻어내고는, 해골 그림을 아래로 해서 양철판에 깔고 불이 붙은 숯불 난로 위에 올려놓았지. 몇 분 안에 양철판은 완전히 데워졌고 내가 그 양피지를 꺼내보니 정말 기쁘게도 점점이 줄에 맞추어 배열되어 있는 어떤 부호들이 몇 군데 나타나 있더란 말이야. 나는 다시 그것을 양철판 위에 올려놓고 잠시 동안 그대로 두었지. 다시 꺼내보니 이런 게 나타났어.”

그러면서 레그랜드는 양피지에 다시 열을 가해서 내가 볼 수 있도록 건네었다. 해골과 염소 사이에는 아래와 같은 문자들이 붉은 색조로 거칠게 찍혀 있었다.

53‡‡†305))6*;4826)4‡.)4‡);806*;48†8¶
60))85;1‡(;:‡*8†83(88)5*†;46(;88*96*?;8)*‡
(;485);5*†2:*‡(;4956*2(5*-4)8¶8*;4069285);)6†
8)4‡‡;1(‡9;48081;8:8‡1;48†85;4)485†
528806*81(‡9;48;(88;4(‡?34;48)4‡;161;:188;‡?;

나는 그에게 양피지를 돌려주면서 말했다. "그렇지만 나는 여전히 아무것도 모르겠군. 이 수수께끼만 풀면 엄청난 보물들이 내 손에 들어온다고 해도 나는 결코 그 보물들을 손에 넣지 못할 걸세."

"그렇지만 이 수수께끼를 푸는 것은 언뜻 생각하는 것만큼 그리 어렵지 않다네. 누구라도 쉽게 생각할 수 있는 것처럼 이 문자들은 암호지. 즉 그것들은 의미를 가지고 있는 것이라네. 그러나 내가 알기로 키드는 아주 어려운 암호를 쓸 만한 위인은 못 되네. 그래서 이게 아주 단순한 종류의 암호임에 틀림없다고 생각한 거지. 그러나 외견상으로는 머리 둔한 선원에게는 열쇠 없이 절대로 풀 수 없는 것처럼 보이는 것이지."

"그럼 자네는 정말로 그걸 풀었는가?"

"그럼, 이것보다 만 배는 더 어려운 문제들도 풀었네. 내가 처한 상황이나 내 취향상 나는 그런 수수께끼들에 흥미를 가지고 있고, 적절한 방법만 쓴다면 인간의 재주로 풀지 못할 수수께끼를 인간의 재주로 만들어낼 수 있다고는 믿지 않으니까 말이야. 사실상, 분명하게 연결되고 읽을 수 있는 문자들만 있다면 그 의미를 푸는 것쯤은 전혀 어렵지 않다네.

이번 경우에는 — 그리고 사실상 모든 경우의 비밀 서류에서 — 가장 먼저 풀 문제는 그 암호의 **언어**지. 왜냐하면 해법의 원칙은, 특히 좀더 단순한 암호들의 경우에는 더욱 그러한데, 어떤 특정한 어구들에 의존해 있고 그것에 의해서 달라지거든. 일반적으로는 그 암호를 푸는 사람은 자기가 아는 모든 언어들을 (확률에 의거해서) 시험해보는 수밖에 별도리가 없지. 진짜 언어가 밝혀질 때까지 말이야. 그렇지만 우리 앞에 놓인 이 암호의 경우, 서명이 모든 어려움을 제거해준 셈이지. 'Kidd'(새끼 염소)라는 말에 대한 동음이의어의 장난은 영어가 아니면 말이 안 되는 것이거든. 이런 생각이 들지 않았더라면 나는 스페인어나 프랑스어부터 시작해보았을 걸세. 스페인 지역의 해적이 쓴 문서라면 가장 자연스럽게 사용하였을 법한 언어들이거든. 그러나 이런 상황이라면 암호가 영어라고 추정한 것이지.

자네도 보다시피 단어들 사이에 띄어쓰기가 안 되어 있어. 띄어쓰기만 되어 있었어도 일은 비교적 쉬웠을 거야. 그런 경우라면 짧은 단어들을 모아서 분석을 하는 것부터 일을 시작하지. 그리고 하나의 글자로 된 단어가 나오면(예를 들면 **a**라든지 **I**라든지 하는 것들) 풀이 방법이 확실한 거라고 간주할 수 있게 된다네. 그러나 띄어쓰기가 안 되어 있기 때문에 내가 제일 먼저 착수한 일은 가장 많이 나오는 글자와 가장 빈도수가 적은 글자를 조사하는 것이었지. 전부를 세어보니 다음과 같은 표를 만들 수 있었네.

8은 33개

;은 26개

4는 19개

‡와)는 16개

*는 13개

5는 12개

6은 11개

†와 1은 8개

0은 6개

9와 2는 5개

:과 3은 4개

?는 3개

¶는 2개

-와 .는 1개

영어에서 가장 흔하게 나오는 글자는 **e**이지. 그다음에는 순서가 이렇게 돼. **a o i d h n r s t u y c f g l m w b k p q x z** 순으로. **e**는 유별나게도 많이 나오기 때문에 조금이라도 긴 문장이라면 거의 틀림없이 이게 제일 많이 나오는 글자가 되지.

자, 그렇다면 우리는 첫 단계에서 단순한 추측 이상의 토대를 가지게 된 셈이지 않은가? 앞의 표를 일반적으로 사용할 수 있다는 것은 명백한 일이네. 그러나 지금 우리가 풀려고 하는 특정한 암호의 경우에 아주 부분적으로만 이 표의 도움이 필요했지. 가장 많이 나오는 문자가 8이니 이것이 자모 중 **e**라고 추정함으로써 시작하세. 그 가정을 증명하기 위해서 8이 두 개 겹쳐서 나오는 경우가 있는가를 살펴보지. 영어에서 **e**는 아주 흔히 두 개씩 겹쳐서 나오지 않는가? 굳이 예를 들자면 'meet' 'fleet' 'speed' 'seen' 'been' 'agree' 등의 단어들이 있지. 이번 경우에 암호문이 짧은데도 **e**가 두 번 겹쳐 나오는 것이 자그마치 다섯 번이나 되지 않는가.

그렇다면 이제 8이 **e**라고 해보세. 영어 단어들 중에서는 'the'가 가장 흔한 **단어**지. 그러니까 8이 끝에 오면서 같은 배열로 어떤 문자 세 개가 반복되는 것이 있는지 찾아보세. 만일 그렇게 배열된 글자들이 반복되는 것을 찾아낸다면 그것이 'the'를 나타낼 가능성이 큰 것이지. 조사를 해보니 그렇게 배열된 것이 자그마치 일곱 개인데, 그 배열은 ;48이지. 그러니까 ;은 **t**를, 4는 **h**를, 8은 **e**를 나타낸다고 추정할 수 있지. 8이 e를 뜻한다는 것은 확정된 셈이고. 그렇게 해서 한 단계 전진한 거지.

한 단어를 확정 지으면 아주 중요한 점을 확신할 수 있다네. 즉 몇 개의 다른 단어들이 시작하는 곳과 끝나는 곳을 알 수 있지. ;48의 조합이 나오는 마지막에서 두번째 것을 예로 들어보세. 암호문의 맨 끝에서 멀지 않은 곳이지. 그다음에 바로 나오는 ;이 어떤 단어의 처음이라는 것을 알 수 있고 이 'the' 뒤에 오는 여섯 개의 문자 중에서 다섯 개를 알고 있는 셈이 되지. 그렇게 이 글자들 중에서 모르는 것은 비워두고 우리가 알아낸 문자들을 적어보세.

t eeth

여기서 **t**로 시작하는 이 단어에서 당장에 **th**를 떼어버릴 수 있지. 왜냐하면 그 빈자리에 어떤 글자를 넣어보아도 **이 것이** 함께 붙어 있는 단어를 만들어낼 수는 없거든. 그래서,

t ee

로 그 단어를 좁힐 수 있지. 그리고 전처럼 알파벳을 뒤져보면 유일하게 가능한 단어는 나무를 뜻하는 'tree'임을 알 수 있네. 그럼으로써 'the tree'라는 연결된 단어와 함께 (가 뜻하는 바가 **r**이라는 것 또한 알 수 있게 된 것이지.

이 단어 뒤에 금방 다시 ;48이 나오네. 그리고 그것을 그 앞에 바로 나오는 단어를 **끝내는 글자**로 받아들인다면 다음과 같은 배열이 되지.

the tree ;4(‡?34 the

즉 우리가 쓰는 글자를 알 수 있는 대로 집어넣으면, 다음과 같이 읽히지.

the tree thr‡?3h the

자, 이제, 아직 모르는 문자 대신에 빈칸을 남겨놓거나 점을 찍어놓으면,

the tree thr...h the

가 되고, 그러면 '**through**'라는 단어가 분명해지는 것이지. 그리고 이러한 발견으로 다시 세 글자 **o, u, g**가 ‡, ?, 3으로 쓰이고 있음을 알게 된다네.

이제 알려진 문자의 조합을 통해서 암호문을 자세히 들여다보면 시작 부분에서 멀지 않은 곳에,

83(88, 즉 egree

라는 배열을 찾을 수 있네. 그것은 분명히 'degree'라는 단어의 뒷부분이고, 그래서 †가 **d**를 나타내고 있음을 알게 되지.

'degree'에서 글자 네 개를 지나면,

;46(;88

이라는 조합이 눈에 띄지.

이미 알아낸 문자들을 넣고 모르는 문자를 전처럼 점으로 표시하면,

th.rtee

가 되는데, 그 배열을 보면 금방 'thirteen'이 생각나네. 그래서 다시 두 글자 **i**와 **n**이 6과 *로 표시되고 있는 것을 알 수 있게 되는 거지.

이제 암호문의 처음으로 가보면,

53‡‡†

가 있는데, 전처럼 하면,

.good

이 되니 첫번째 글자는 **A**이고, 그래서 암호문의 첫 두 단어가 'A good'이라는 것을 알게 되는 것이네.

헷갈리지 않도록 이제까지 발견된 부호들을 표로 만들어 보세.

5는 a
†는 d
8은 e
3은 g
4는 h
6은 i
*는 n
‡는 o
(는 r
;은 t
?는 u

그러니까 이제 가장 중요한 글자 11개를 알게 되었으니, 나머지 글자들까지 상세하게 말해줄 필요는 없을 걸세. 이런 종류의 암호가 쉽게 풀릴 수 있다는 것은 이미 자네에게 충분히 납득시켰거니와 그것이 어떻게 풀릴 수 있는가 하는 **원리**들도 충분히 보여주었을 테니까. 그러나 명심할 것은 지금 우리가 다루고 있는 암호문은 가장 단순한 것들 중 하나에 불과하다는 것일세. 자, 이제는 자네에게 이 암호문의 해독된 내용을 말해주는 일만 남은 것 같군. 그건 다음과 같은 것일세."

주교의 여관 악마의 자리에서 좋은 유리 사십일 도 십삼 분 북동미북 방향으로 큰 줄기 동쪽의 일곱번째 가지 죽음의 머리의 왼쪽 눈으로부터 쏘아라 맞은 자리 지나 나무로부터 최단 거리 십오 미터

A good glass in the bishop's hostel in the devil's seat forty-one degrees and thirteen minutes northeast and by north main branch seventh limb east side shoot from the left eye of the death's-head a bee-line from the tree through the shot fifty feet out

"그렇지만 암호문은 전이나 별반 다를 바 없을 정도로 무슨 말을 하는지 모르겠군. '악마의 자리'라느니 '죽음의 머리'라느니 '주교의 여관'이라느니 도무지 모를 소리들로부터 무슨 의미를 읽어낼 수 있겠는가?"

레그랜드가 대답했다. "이 암호문이 언뜻 보아서는 여전히 알 수 없는 수수께끼라는 것을 나도 인정하겠네. 그래서 나는 제일 먼저 이 암호문을 쓴 사람이 의도한 대로 자연스럽게 문장을 나누어보려고 시도했지."

"그러니까 구두점들을 찍었단 말인가?"

"그 비슷한 것이지."

"그렇지만 어떻게 그것이 가능했는가?"

"이 암호문을 쓴 이가 그걸 풀기 어렵게 만들기 위해서 단어들을 띄지 않고 모두 붙여버리기도 했다는 점에 착안했지. 그런데 아주 영리한 사람이 아니라면 그런 일을 할 때 너무 도를 지나치게 마련이란 말이야. 여기서도 암호문을 쓸 때, 의미상으로 당연히 띄어야 하는 곳에 오면 그는 다른 곳에서보다 더 그것들을 가까이 붙여놓았더라고. 자네도 이 원고를 보면 다섯 군데에서 그렇게 과도하게 글자를 붙여놓은 곳이 있음을 쉽게 발견할 수 있을 것이라네. 이것을 실마리 삼아서 나는 이렇게 암호문을 나눠보았지."

> 주교의 여관 악마의 자리에서 좋은 유리/사십일 도 십삼 분/북동미북 방향으로/큰 줄기 동쪽의 일곱번째 가지/죽음의 머리의 왼쪽 눈으로부터 쏘아라/맞은 자리 지나 나무로부터 최단 거리 십오 미터

"그렇게 나눠봤자 여전히 어리둥절하기만 하군." 내가 말했다.

레그랜드가 말했다. "나 역시도 그랬었지, 며칠 동안은 말이야. 그동안에 나는 설리번 섬 주위에 혹시 '주교의 저택'이라는 이름을 가진 건물이 있는지 부지런히 조사를 해보았네. 왜냐하면 나는 암호문의 '여관hostel'이라는 그 오래된 단

어를 빼고 대신에 '저택hotel'을 집어넣어 생각기로 했거든. 그러나 이 일에 관해 아무런 정보도 없기에 탐색 영역을 넓히면서 보다 체계적인 방법으로 조사를 해보려던 참이었지. 그런데 어느 날 아침 갑작스레 '주교의 여관Bishop's Hostel'이 베솝Bessop이라는 유서 깊은 가문과 관련이 있는 것 같다는 생각이 언뜻 드는 거야. 그 가문은 아주 오랜 시절부터 이 섬의 북쪽으로 6킬로미터쯤 되는 곳에 오래된 저택을 가지고 있거든. 그래서 나는 그 지역으로 가서 나이 든 흑인들을 상대로 조사를 다시 해보았지. 마침내 아주 나이 먹은 한 노파가 '베솝의 성Bessop's Castle'이라는 곳에 들른 적이 있으며 그리로 나를 안내해줄 수 있다고 하더군. 그런데 그것이 성도 아니고 주막도 아니고 큰 바위라고 하지 뭔가.

수고비를 톡톡히 주겠다고 하니까 그 노파는 몇 번 거절하더니 나를 그곳까지 데려다주기로 했지. 우리는 별 어려움 없이 그곳을 찾았고, 노파를 보낸 후에 나는 그곳을 조사해보았네. 그 '성castle'은 벼랑과 바위들이 마구 뒤엉켜 이루어진 것이었는데, 그 바위 중 하나가 외따로 떨어져 있는 데다 괴이하게 생긴 모습에 높기까지 해서 단연 눈에 띄더라고. 나는 그 바위까지 올라갔지만 그다음에는 어찌해야 하나 한심할 따름이었네.

곰곰이 그런 생각을 하고 있던 참에 그 바위의 동쪽 면에 좁은 선반 같은 턱이 나와 있는 것이 눈에 띄었네. 아마도 내가 서 있던 바위 끝에서 1미터쯤 밑이었을 거야. 이 턱은 한 30센티미터 정도 나와 있었고 너비도 그 정도밖에는 안 되었어. 그 바로 위에 있는 벼랑이 장식장처럼 패어 있었기 때문에 그걸 보면 우리 조상들이 쓰던 등받이가 움푹 팬 의자와 대충 비슷해 보였지. 나는 이것이 암호문에 씌어진 '악마의 자리'라는 것을 의심치 않았고 이제는 그 수수께끼의 비밀을 완전히 파악하게 되었다는 생각이 들더군.

'좋은 유리'는 '망원경'을 일컫는 말일 수밖에 없다는 것을 나는 알고 있었네. '유리'라는 말은 선원들에게는 거의 다른 의미로 쓰이는 일이 없거든. 그래서 여기서 망원경이 필요하다는 것을 안 거지. 그리고 그 망원경을 맞출 정확한 위치, 조금의 편차도 없는 시점도 있어야 해. '사십일 도 십삼 분'이란 말이 그 망원경의 각도를 맞추라는 지시로 쓰였다는 것도 의심의 여지가 없었거든. 이러한 발견들 때문에 흥분해서 나는 집으로 서둘러 돌아와 망원경을 가지고는 다시 바위로 돌아갔네.

그 바위 턱에 올라가 보니 특정한 자세를 취하지 않고서는 그 위에 앉을 도리가 없더군. 이 사실이 심증을 더 굳히게 해주었지. 그래서 망원경을 보았네. 물론 '사십일 도 십삼 분'이란 말은 수평선을 기준으로 망원경을 수직으로 들어 올려서 맞춰야 하는 각도를 일컫는 말이지. 왜냐하면 수평선상의 방향은 '북동미북 방향으로'라는 말로 확실하게 표시되어 있으니까. 이 방위는 휴대용 나침반으로 금방 잡을 수 있었고, 내 추측으로 할 수 있는 한 정확하게 망원경을 41도 각도로 들어서 주의 깊게 움직여보았더니 멀리서 보아도 다른 나무들보다 훨씬 큰 나무 한 그루의 잎새들이 원형으로 비어 있는 것이 눈에 띄었네. 그렇게 잎이 비어 있는 곳에 어떤 하얀 점이 보였는데, 처음에는 그것이 무엇인지 모르겠더라고. 그래서 망원경의 초점을 다시 맞추어 들여다보니 그게 바로 인간의 해골이라는 것을 알게 되었네.

이걸 찾고 나니까 마치 수수께끼가 다 풀린 것 같은 낙관적인 생각이 들었네. 왜냐하면 '큰 줄기 동쪽의 일곱번째 가지'라는 것은 나무에서의 해골의 위치를 말하는 것이고, '죽음의 머리의 왼쪽 눈으로부터 쏘아라'라는 어구는 묻혀 있는 보물을 찾는 과정에서 한 가지로밖에는 해석이 안 되지. 나는 그것이 해골의 왼쪽 눈으로부터 총알을 떨어뜨리는 것임을 알았다네. 그리고 나무의 가장 가까운 줄기로부터 그 '맞은 자리'(즉 총알이 떨어진 자리)를 통과해서 그린 최단 거리가 — 다시 말하면 직선의 줄이 — 15미터 정도 연장된 곳이 어떤 확정적인 장소를 가리키는 것이고, 그리고 그 밑에 가치 있는 무언가가 파묻혀 있는 것이 확실하든가 아니면 최소한 **가능하다**고 생각한 것이지."

내가 말했다. "이 모든 것이 정말로 명확하군. 그리고 교묘하지만 단순하고 명료해. '주교의 저택'을 떠나서는 어떻게 했는가?"

"그 나무의 생김새를 자세히 관찰하고서 나는 집으로 향했네. 그렇지만 '악마의 자리'에서 일어나는 순간, 원형으로 잎이 없이 비어 있는 자리는 눈에 띄지 않더라고. 아무리 돌아보아도 보이지 않았네. 나로서는 이 모든 일들 중에서 가장 교묘한 것은, 이 둥그렇게 빈 공간이 바위 정면에 있는 좁은 턱이 아니면 어떤 다른 지점에서도 보이지 않는다는 사실이었어(이걸 사실이라고 말하는 것은 되풀이 시험해보니 그것이 사실이라는 것을 확신했기 때문이라네).

'주교의 저택'으로 가는 길은 주피터가 동행했는데, 그는 지난 몇 주간 내가 얼이 나간 것을 보고는 나를 혼자 놓아두지 않으려고 신경을 쓰는 중이었지. 그렇지만 바로 다음 날 아주 일찍 일어나 용케 도망을 쳐서 그 나무를 찾으려고 언덕으로 갔다네. 무진 애를 먹은 후에 나는 그 나무를 찾아냈는데, 밤이 되어 집에 돌아오니 하인이란 놈이 나에게 몽둥이질을 하려 들지 않겠나. 그리고 우리 모험의 나머지 부분들에 대해서는 자네가 나만큼이나 잘 알지."

"그러니까 처음 땅을 팠을 때는 주피터가 멍청하게도 해골의 왼쪽 눈 대신 오른쪽 눈으로 벌레를 떨어뜨렸기 때문에 위치를 잘못 잡은 것이군."

"맞아. 그 실수로 '맞은 자리'에서 7, 8센티미터쯤의 오차가 났지. 즉 나무에서 가장 가까운 못의 위치에서 말이야. 만일 보물이 바로 '맞은 자리' **밑**에 있었더라면 그 정도의 실수는 별로 대단치 않았을 걸세. 그러나 '맞은 자리'는 나무의 가장 가까운 곳과 함께 그 줄의 방향을 결정하는 두 점 중 하나일 뿐이지 않은가. 그러니까 처음에는 오차가 아무리 사소한 것이었다 하더라도 줄을 풀어나갈수록 커지게 되는 것이지. 그래서 우리가 15미터를 나갔을 때는 완전히 목표물에서 벗어나게 되었던 거고. 내가 보물이 여기 어딘가에 실지로 묻혀 있다고 굳게 믿지 않았다면, 우리의 모든 노력들이 허사로 돌아갈 뻔한 거지."

"그렇지만 자네의 그 심각한 체하던 꼴하며 풍뎅이를 휘두르던 모습하며 얼마나 이상했다고! 나는 꼭 자네가 미친 줄만 알았다네. 그런데 왜 해골로부터 총알 대신 곤충을 떨어뜨릴 것을 고집했나?"

"글쎄, 솔직히 말한다면 나는 자네가 내 정신 상태를 의심하는 것을 보고 좀 화가 났다네. 그래서 다소 건전한 방식으로 자네를 좀 헷갈리게 만들어 내 나름대로 혼을 내주려고 했다네. 그 때문에 풍뎅이도 흔들어 보이고 나무에서 그것을 떨어뜨리라고 하기도 했지. 자네가 그게 굉장히 무겁다고 말을 했을 때 그런 생각을 해낸 것이라네."

"그래, 이제야 알겠군. 이제 내가 모르겠는 것은 딱 한 가지라네. 그 구덩이에서 나온 해골들은 어떻게 설명해야 하는가?"

"그것은 자네만큼이나 나 또한 모를 일이라네. 그에 대한 그럴듯한 설명은 한 가지밖에는 없지. 비록 그 추측이 의미하는 그런 잔혹함을 믿어야 한다는 것은 끔찍하지만 말이야. 확실한 것은 키드 선장이—만일 키드가 정말로 이 보물을 숨겼다면 말이야, 물론 나는 그걸 의심치 않지만—분명한 것은 키드가 이것을 혼자 파묻지는 않았으리란 거야. 그 일이 끝난 후에 그는 아마도 비밀을 알고 있는 이들을 모두 제거하는 것이 좋겠다고 생각했을 수도 있지. 아마 그의 부하들이 구덩이에서 일하고 있을 때 곡괭이로 두 번만 내리쳐도 충분했을 거야. 어쩌면 열몇 번까지 내리쳐야 했을지도 모르지…… 누가 알겠나?"

옮긴이의 말

에드거 앨런 포, 해체와 통합의 문학

에드거 앨런 포는 현대의 문화 지형도에서 의미 있는 위치를 차지하고 있다. 19세기 초반 미국에서 40여 년의 짧고도 불행한 인생을 살다 갔지만, 그의 문학은 데카르트적 자아를 출발점으로 한 이성 중심의 서구 형이상학 전통에 의문을 제기하고, 그 의문을 미학적으로 표현한 위대한 성과이기 때문이다. 포는 시와 소설 그리고 비평에 이르기까지 다양한 장르를 가로지르며 문학 활동을 하였다. 그리고 이성과 논리를 바탕으로 하는 추리소설에서부터 광기와 공포를 주조로 하는 고딕소설에 이르기까지 넓은 스펙트럼의 영역들을 다루었다. 그러한 다양한 탐색과 실험을 연결해주는 포의 특징은 바로 외면적 실재를 넘어선 것들에 대한 관심과 더불어 삶/죽음, 이성/광기 등 전통적인 이분법적 경계를 해체하고 그것들을 통합하는 관점이라고 할 수 있다.

포는 단편소설이라는 장르에 특별한 애정을 가지고 있었다. 문학의 목표는 지속적인 인상을 통일성 있게 부여하여 독자에게 단일한 효과를 전달하는 것이며, 그것을 위해서 작품의 길이는 독자가 앉은자리에서 한 번에 읽을 수 있을 정도로 제한된 분량이어야 한다고 생각했기 때문이다. 그래서 포의 소설은 중편 정도의 분량이지만 장편으로 분류되는 『아서 고든 핌의 이야기*The Narrative of Arthur Gordon Pym of Nantucket*』를 제외하고는 모두 단편 형태를 취하고 있다.

포의 단편소설들은 언뜻 보아서는 같은 작가의 작품이라는 것을 알아채기 어려울 만큼 다양한 색채를 띠고 있다. 그것들을 크게 분류하면 현실에 바탕을 두고 인간의 심리와 허위를 궤변의 형식으로 표현한 그로테스크 소설과 시적인 산문으로 신비의 세계를 다룬 아라베스크 소설, 그리고 작품 활동의 후반기에 발표했던 추리소설 등 세 가지로 나누어 볼 수 있다. 이 책에서는 이들 영역을 골고루 포함시켰으며, 이야기의 차례는 연대순을 따르기보다 독자가 포의 다양한 작품 세계를 경험할 수 있도록 적절히 섞어서 배열하였다. 이 책에 실린 다섯 작품 중 첫번째 이야기 「도둑맞은 편지The Purloined Letter」(1844)와 마지막 이야기 「황금 풍뎅이The Gold-Bug」(1843)는 추리소설이고, 두번째와 네번째의 「아몬티야도 술통The Cask of Amontillado」(1846), 「고자질하는 심장The Tell-Tale Heart」(1843)은 그로테스크 소설이며, 중심에 위치해 있는 세번째 이야기 「어셔가의 몰락The Fall of the House of Usher」(1839)은 아라베스크 소설로 분류할 수 있다.

「도둑맞은 편지」는 「모르그가의 살인 사건The Murders in

the Morgue」과 함께 추리소설의 창시자 포의 대표작으로 인정받는 작품이다. 왕비로부터 편지를 훔쳐낸 D장관, D장관으로부터 편지를 훔쳐내는 뒤팽의 이야기가 정교하게 반복되면서, 도둑과 탐정의 구분은 해체된다. 나아가 지독한 악인으로 묘사되는 D장관과 뒤팽이 형제일 가능성까지도 암시된다. 이 둘은 같은 'D'로 이름이 시작된다. 뿐만 아니라 D장관과 이름이 알려지지 않은 그의 형제는 둘 다 문필가로 이름을 얻고 있으며 뒤팽은 자신이 시를 쓰고 있다고 밝힌다. 작품 마지막에서 뒤팽이 가짜 편지에 적어 넣은 아트레우스와 티에스테스의 이야기는 원수지간이 된 형제의 이야기이기도 하다. 이러한 이중적 자아double, Doppelgänger의 모티프를 통해 포는 고정되고 안정된 근대적 자아의 토대를 파헤치고 있다고 할 수 있다.

경시청장 G씨와 뒤팽이 사건을 해결하려고 노력하는 과정은 원인과 결과의 굴레를 벗어나지 못하고 이성과 논리만을 맹신하는 근대적 사고에 대한 비판으로 읽을 수 있다. 프로크루스테스의 침대로 비유되고 있는 G씨의 사고방식은 자신의 관점을 세계에 강요하며 세계를 왜곡시키기 때문에 바로 눈앞에 보란 듯이 놓여 있는 편지, 감추지 않은 듯이 감추어놓은 편지를 발견하지 못한다. 이렇게 추리의 과정을 설명하는 뒤팽의 이야기 속에서, 우리는 독단성에 기인한 왜곡된 세계 인식을 경계하며 보다 탄력성 있고 폭넓은 시야를 촉구하는 포의 목소리를 엿들을 수 있다.

「아몬티야도 술통」은 이탈리아의 사육제 기간에 일어난 살인 사건을 살인자의 시점에서 그려나가고 있다. 화자 몬트레소르는 "잘못을 저지른 사람이 누가 복수하고 있는지를 뼈저리게 알도록 만들지 못한다면 그건 복수가 제대로 된 게 아니다"라고 하며 자신에게 모욕을 주었던 포르투나토에 대한 복수를 계획한다. 그는 포르투나토의 취기와 자존심을 이용해 자신이 최근에 구입한 아몬티야도 술이 진짜인지를 감정해달라는 것을 구실 삼아 자기 집 지하실로 유인한 다음, 사슬로 묶고 벽돌로 발라버려 생매장하는 복수를 한다. 독자의 놀라움이 극대화되는 시점은 작품 마지막에 이르러 이 사건이 50년 전에 있었던 일이라는 것을 알게 되면서다. 차분한 몬트레소르의 어조는 그가 사육제의 광기에서 다시 일상 세계로 돌아와 오랜 세월 동안 사회적으로 존경받으며 자신의 일상생활을 안전하게 유지해왔음을 드러내며, 그렇듯 파괴적인 동시에 스스로가 파괴된 자아가 우리 이웃의 모습, 나아가 우리 자신의 모습일 수도 있음을 깨닫게 한다.

「어셔가의 몰락」은 어릴 적 친구 로더릭 어셔의 편지를 받고 그의 저택을 방문한 화자가 어셔 가문의 마지막 두 사람인 쌍둥이 오누이 로더릭과 매들라인의 죽음, 그리고 그와 동시에 어셔가의 저택이 함께 무너져 내리는 것을 목격하게 되는 이야기이다. 그러므로 작품의 제목 '어셔가의 몰락'은 가문의 몰락과 저택의 붕괴를 함께 뜻하는 함축된 의미를 가진다. 어셔의 소환을 받고 자기 내부의 감춰진 세계로 안내되어가는('usher'는 일반명사로는 안내인이라는 뜻을 가진다) 화자는 그의 이성으로 모든 현상을 설명해보려고 노력하지만, 어셔가로의 여행, 그의 무의식적 세계로의 여행은 그러한 이성의 한계를 넘어서는 것이라는 점이 마지막의 숨 막힐 듯한 장면들 속에서 드러난다. 이 작품은 포의 대표작답게 치밀한 구도로 이루어져 있는데, 화자와 로더릭 어셔가 이중적 자아라면 다시 로더릭과 그의 쌍둥이 누이 매들라인은 서로의 분신으로 설정된다. 또한 이 오누이는 그들이 살고 있는 집과 겹쳐져 나타나, "노랗고, 영광스러운 황금빛 깃발" "두 개의 빛나는 창" "진주와 루비로 타오르는 듯"한 문 등 집에 대한 묘사는 각각 사람의 머리카락·눈·입 등을 연상시키며 그 내부의 구불구불한 지하실은 인간 내부의 정신세계를 암시하는 듯하다. 그리고 이 저택은 다시 저택 앞 늪의 수면에 비친 이미지와의 연관성이 강조된다. 그래서 생매장되었다가 빠져나온 매들라인이 로더릭 위로 쓰러져 죽으면서 함께 무너져 내리는 저택, 그러한 저택을 삼켜버리는 늪의 모습을 보면서 독자가 경험하게 되는 것은 분열되었던 것들이 죽음을 통해서 통합되는 묵시록적인 파국의 공포인 것이다.

「고자질하는 심장」은 짧은 분량에 통일성이 돋보이는 작품이다. 이 작품에는 '믿을 수 없는 화자'가 등장하는데, 자신이 미치지 않았다는 것을 증명하려는 노력 속에서 오히려 자신의 광기를 드러내는 극적 아이러니가 사용되고 있다. 그러나 이것은 단순히 미친 사람의 글이라기보다는 미친다는 것이 어떤 것인가에 대한 예리한 통찰을 가진 사람의 글이며 인간 내면의 죄의식에 관한 탐구라고 할 수 있다. 오랫동안 한집에 살았던 노인과 화자의 관계는 드러나지 않아, 우리는 화자가 하인이었거나 혹은 아들이었을 가능성을 생각하게 된다. 그는 탐욕스러운 독수리를 연상시키는 노인의 눈을 "사악한 눈evil eye"이라고 부르면서 그 눈을 참을 수가 없어 노인을 죽였다고 고백하는데, 'evil eye'는 또한 'evil I'와 동음어로서 그의 살인은 인간 내부에 있는 사악한 파괴의 욕망에 의한 것이라고 할 수 있다. 또한 노인의 눈이 연상시키는 탐욕스러운 독수리vulture는 포에게 '지겨운 현실 세계'의 메타포였다. 그리고 노인이 쌓아놓은 재물들은 그러한 해석을 뒷받침한다고 할 수 있다. 포의 다른 인물들처럼 이 화자는 좁은 공간에서 소외되어 살면서 현실을 인정하는 것을 거부하며, 그의 살인은 고통스러운 현실의 압박으로부터의 도피이자 현실의 의식에 대한 거부라고도 할 수 있는 것이다. 그의 이러한 시도는 자기 자신의 죄의식 때문에 탄로 나고 만다. 하지만 그에게 환청으로 들려오는 죽은 노인의 '고자질하는 심장' 소리는 자기 파괴의 욕망에 뿌리를 두고 있는 자신의 '털어놓지 않고는 못 배기는 마음'이기도 하며, 작품의 제목 'The Tell-Tale Heart'는 이 두 가지 의미를 모두 가지고 있다고 할 수 있다.

마지막으로 수록된 「황금 풍뎅이」는 키드 선장의 숨겨진 보물에 관한 전설적인 민담을 추리소설의 영역으로 끌어들인 작품이다. 화자는 친구 레그랜드가 키드 선장이 묻어놓은 보물을 찾는 것을 도와준 후, 어떻게 레그랜드가 우연히 손에 넣게 된 암호문을 해독하여 보물의 위치를 알게 되었는지를 서술하고 있다. 레그랜드가 무의미해 보이는 암호문으로부터 의미를 찾아 나가는 과정은 인간의 정신이 혼돈의 세계에 어떻게 질서를 부여할 수 있는가를 비유적으로 보여준다. 흑인 하인 주피터의 희극적 성격 또한 작품을 읽는 재미를 더해주고 있다. 하지만 작품의 마지막에는 포의 소설다운 반전이 숨어 있다. 키드 선장이 보물을 묻을 구덩이를 다 판 후에 부하들을 죽여 보물과 같이 묻어버렸을 것이라고 레그랜드가 자기 이야기를 마무리할 때, 어쩌면 그 또한 보물을 파낸 후에 같은 갈등을 겪었을지도 모른다는 암시를 엿볼 수 있기 때문이다. 레그랜드의 논리적인 이성과 화자를 향한 선의의 후면에 파괴적 악의의 그림자를 그려 넣어 인간 정신세계의 입체적 실체를 보여주고 있는 포의 작가적 면모를 우리는 여기서 다시 한번 확인할 수 있다.

끝으로 번역 저본으로 펭귄북스Penguin Books의 1982년판

*The Penguin Complete Tales and Poems of Edgar Allan Poe*를 사용하였으며, 그 밖에 랜덤하우스Random House의 1981년판 *The American Tradition in Literature*에 실린 포의 작품선을 참고로 하였음을 밝힌다.

작가 연보

1809 1월 19일 미국 매사추세츠 주 보스턴에서 영국 이민자 출신 배우인 아버지 데이비드 포 2세David Poe Jr.와 어머니 엘리자베스 아널드 포Elizabeth Arnold Poe의 둘째 아들로 출생.

1811 아버지가 가출한 다음 해로, 어머니마저 폐결핵으로 사망하면서 고아가 됨.
리치먼드의 부유한 담배상 존 앨런John Allan에게 입양되었으나 정식으로 입적되지는 않음.

1815 앨런의 사업 관계로 이주해 영국과 스코틀랜드에서 지내면서 정규 교육을 받음.

1820 양부모와 함께 미국으로 돌아옴.

1826 버지니아 대학 입학. 양부와의 갈등이 심화되면서 도박에 빠져 대학을 자퇴함.
연인 세러 엘마이라 로이스터Sarah Elmira Royster와 파혼.

1827 '에드거 A. 페리'라는 가명으로 입대.
첫 시집 『티무르와 다른 시들*Tamerlane & Other Poems*』 출간.

1829 양모 프랜시스 앨런 사망.

두번째 시집 『알 아라프, 티무르와 다른 시들*Al Aaraaf, Tamerlane & Minor Poems*』 출간.

1830 뉴욕 웨스트포인트 육군사관학교 입학.

1831 의도적인 근무 태만으로 퇴교당하고, 볼티모어에서 고모인 클렘 가족과 살게 됨.

세번째 시집 『시들*Poems*』 출간.

1833 『볼티모어 새터데이 비지터*The Baltimore Saturday Visitor*』지에 단편 「병 속에서 발견된 원고Ms. Found in a Bottle」 당선.

1834 양부 존 앨런 사망. 유언에 따라 유산을 전혀 받지 못함.

1835 『서던 리터러리 메신저*The Southern Literary Messenger*』의 편집자로 일함.

스물여섯 살에 당시 열세 살이었던 사촌동생 버지니아 클렘Virginia Clemm과 결혼.

1836 장편 『아서 고든 핌의 이야기*The Narrative of Arthur Gordon Pym of Nantucket*』 출간.

1838 단편 「라이지어Ligeia」 발표.

1839 「어셔가의 몰락The Fall of the House of Usher」 「윌리엄 윌슨William Wilson」 등 25편이 실린 첫 단편집 『그로테스크 이야기들과 아라베스크 이야기들*Tales of the Grotesque & Arabesque*』 출간.

1841 「모르그가의 살인 사건The Murders in the Rue Morgue」을 발표하여 호평을 받음.

1842 「마리 로제 사건의 수수께끼The Mystery of Marie Rogêt」 발표.

1843 필라델피아의 『달러 뉴스페이퍼*The Dollar Newspaper*』에 「황금 풍뎅이The Gold-Bug」가 당선되며 명성을 떨침. 단편 「검은 고양이The Black Cat」 「고자질하는 심장The Tell-Tale Heart」 발표.

1844 단편 「도둑맞은 편지The Purloined Letter」 「때 이른 매장The Premature Burial」 발표.

1845 『이브닝 미러*The Evening Mirror*』지에 시 「까마귀The Raven」를 발표하며 유럽에서도 각광을 받음.
12편을 묶은 단편집 『이야기들*Tales*』 출간.

1846 단편 「아몬티야도 술통The Cask of Amontillado」 발표.

1847 아내 버지니아가 결핵으로 사망한 후 우울증 발병.

1848 산문시 「유레카Eureka」 발표.

1849 죽은 아내를 그리며 쓴 시 「애너벨 리Annabel Lee」 발표.
미망인이 된 옛 연인 세러 엘마이라 로이스터와 약혼 결정.
볼티모어의 한 주점에서 쓰러진 채 발견된 지 4일 후인 10월 7일 사망. 볼티모어에 있는 웨스트민스터 장로교회 묘지에 안장됨.